海外詩文庫
17

K. Rexroth
World Poems
レクスロス詩集

ジョン・ソルト　田口哲也　青木映子　訳編
John Solt　Tetsuya Taguchi　Eiko Aoki

思潮社

海外詩文庫17　*World Poems*　レクスロス詩集　*Kenneth Rexroth*

ジョン・ソルト、田口哲也、青木映子訳編　片桐ユズル翻訳主幹　目次

Ⅳ　詩の朗読会（片桐ユズル訳編）

散文（青木映子訳）

詩人論・作品論

解説・年譜

装幀・芦澤泰偉

詩篇

I

若きアナーキストの著者の肖像　田口哲也訳

一九一七、一八、一九年と
ヨーロッパでことが起こっていた時に
ぼくらがもっともよく使ったあざけり語は
「ブシュワ」[*1]だった。正しく使ったことは使ったが
そのフランス語は糞ったれのブルシットだと思っていた
当時住んでいたのはオハイオ州のトレドで
デラウェア通りが金持ちと貧乏人の境界線になっていた
テン・マイル・クリークのそばの繁みで遊び
それからオタワ公園のゴルフ場に進んだ
二つの階層の子供たちがいて連中に
共通点はなかった。金持ちの子供は
キャディーとして働き、貧乏人は
ゴルフボールをくすねた。ぼくが属していたのは
例外が集まるところで
日が暮れると　そして雨の日に
こっそりと忍び込んでは
玉が入る穴にうんこをした

訳注
＊1 「ブシュワ」は「ブルジョア」と解して読むと面白い。

（『文化情報学』第十巻第一・二合併号、二〇一五年三月、同志社大学文化情報学会）

古き悪しき時代　田口哲也訳

一九一八年の夏
私は『ジャングル』や
『すばらしき探求』を読んだ
その秋に父は死に、私は叔母に
連れられ、シカゴに移り住んだ
そこで最初にしたのは

路面電車に乗って屠畜場に行くことだった
冬の午後のこと
砂利が混じり、悪臭がするなか
私は汚れた雪道を歩いた
ごみごみした通りを進みながら
そこに住む人々の顔をこっそりと見る
昼間から家にいる人々
落ちるところまで落ち、疲れきった顔、顔、顔
略奪され、飢えた脳味噌、
慈善病院の精神病棟や
認知病棟にいる患者のような顔、顔、顔
あるいは肉食獣のような
小さな子供たちの顔
少しして、疲れ果てた夕空が暗くなり
ガス灯が緑色に輝き
紫のアーク・ランプがパチパチと音をたて始めるなか
仕事から帰ってくる男たちの顔が浮かび上がる
希望、あるいは勇気の最後の脈で
なんとか生きている者たちの顔

ずるそうなトゲのある顔、賢そうな顔
間抜けた顔、だがほとんどの顔はすでに
破滅し、空っぽになっていて、生命がない
あるのは目もくらむ疲労感だけ
それはどんなに酷使された動物よりもひどかった
フライド・ポテトと炒めたキャベツの
千の夕食のすえた匂いが通りに充ちる
眩暈がして、吐きそうになった私、その惨めさから
恐ろしいまでの怒りが込み上げ
絶対的な誓いが湧き起こった
今日、悪は清潔で
栄え、それはどこにでもある
路面電車に乗って探しに行く必要もない
そしてこの同じ悪
この惨めさ、この怒り、そして誓いに変わりはない
（神田外語大学付属図書館　図書館便り第三十二号「ケネス・レクスロスのすゝめ（四）」二〇〇六年）

ダイラン・トオマスを悼む*1

北園克衛訳

1

死んでしまつた
ライアノンの鳥
死んでしまつた
心の冬のなかで
死んでしまつた
死のキャニオンのなかで
嘘言のはげしい吹雪のなかにかれらは
ついに無言のかれをみつけた
二度と口をきかなかつた
かれは死んだ
かれは死んだ
死んでしまつた
かれらの防腐剤の手たちのなかで
死んでしまつた
ケイダア　イドリスの小雄弁家
死んでしまつた
カァデフの雀
死んでしまつた
スワンシイの金糸鳥
死んでしまつた
誰がかれを殺したのか
この頭の良い鳥を誰が殺したのか
きみだ　あばずれの息子め
きみはきみのカクテルの脳髄のなかにかれを溺らせた
かれは倒れきみの人造心臓のなかで死んだ
百万人の虐殺者オッペンハイマア
きみがかれを殺したのだ
銀髪閣下アインスタイン
きみがかれを殺したのだ
ハヴァナハヴァナよ　そのノオベル賞で
きみはかれを殺した
郵便切手のうえのお情け深い貴婦人
きみはかれを殺した
あるニュウ・リパブリックの午餐の席でかれは死んでいた

裁断室の床のうえにかれは死んでいた
タイムの方策審議会でかれは死んでいた
ヘンリイ・ルウスは法王宛の電報でもつてかれを殺した
マドモアゼルは詰物したブラジアでかれを締め殺した
老ポッサムは茶濾しで　かれに水をそそいだ
狼どもが疲れきるとバティサイズはかれの内臓をもつて
かれらの教室とクォタリイの方へ這つていつた
そのニュウズがラディオにのると
きみはたちあがり叫んだ「バラバスをよこせ」
寂しいきみの群衆のなかできみはかれのうえを吹き去つ
た
きみの習慣の生皮靴ときみの舞踏靴は
砂利だらけの街でかれを打ちつづけて死なせた
きみはヒンデミットのアルバムでかれを打つた
きみはイサム・ノグチのステンレス　スティルでかれを
刺した
かれは死んだ
かれは死んだ
闘牛士イグナチオのように

午後の四時
まさしく午後四時
ぼくもそれをききたくない
ぼくもそれをしりたくない
「ヴァンゼッチを忘れるな」と叫びながらぼくは街へと
びだしたい
ぼくはきみたちの煙突にガソリンを注ぎこみたい
ぼくはきみたちのギャラリイを爆破したい
ぼくはきみたちの編集室を焼きはらいたい
ぼくはきみたちの冷い女たちの腹を引き裂きたい
ぼくはきみたちの帆船やランチを沈めたい
ぼくはフィンガアペインティングをしているきみの子供
たちの首をきりたい
ぼくはきみたちのアフガンやプウドルに毒をのませたい
死んでしまつた
ちいさな酔いどれ天使よ
死んでしまつた
テェブルをたたく素晴しい熱弁家よ
死んでしまつた

永遠に生きる鳥たちはブランの頭にむかつて
歌わず
海鳥は
一万人の聖者たちのバアドシイのうえに静止し
地下のひとびとは働きの途上に
歌をうたわず
泥炭の煙の臭いは
血のにおいがする
かれらはかれを打ち殺したのだ
David ap Gwilym の歌
かれらはかれを殺害した
タリイシンの嬰児
かれは死んでよこたわつている
国際連盟の氷山のそばに
砂袋でうちたおされてかれはよこたわつている
自由の女神像の足許に
アイオナの砂丘とカナアヴォンの青い岩らをうつ
メキシコ湾流は血のにおいがする
そうして深海の鳥たちは豪華船のうえに飛びそして叫ぶ
「おまえがかれを殺した　おまえがかれを殺した」
けがらわしい　ブルックス・ブラザアズのスウツを着こんだ
「あばずれの息子め」

編注
＊明らかな誤訳や、訳を数行飛ばしている箇所が散見されるが、北園の翻訳はレクスロスの詩の勢いや力強さをよく表現しているので、特に修正せずそのまま掲載する。
＊1　Dylan Thomas（一九一四 - 五三）はウェールズ海沿いの町スウォンジー生まれの詩人。ニューヨークにて三十九歳で急逝。

（「VOU」三十八号、一九五四年）

夕顔

児玉実英訳

今夜は　いつもよりよく晴れ　冷えている
新月が　少し膨らみ　雲の間を滑っている
霜が乾き　大気は　地表のつんとした香りに

満ちている
夜が更け　静寂はさらに静けさを増し
ついに　何も動かず　何も音をたてなくなった
遠くを走る貨物列車の音も
とだえてしまった

ぼくは
庭の奥の　不気味な暗闇の中へ　入っていく
あちこちで　見えない触れないものが
うごめいている　空気は木の下で
息を止めている　空高く
毀れて走る雲の中に　風が
月とともに　突っ込んでいる
ぼくは　わけのわからない悲劇のただ中に
立っているようだ　まるで
この世界にひそむ別の世界が
夜のうすいカラを破って
入りこんでくるようだ　まるで
大地に縛られたものが　魔力をえて　暗闇の中
ぼくのかたわらで　もがいているようだ

このような夜に　能の中では昔の
若い侍が　姿をとって　現れるのだ
ひょっとすると　心の乱れたアマルフィ公爵夫人や
エレクトラのような女性が　氷にとざされた白鳥のよう
に
ぼくのかたわらで　肉体をもった姿をとろうとして
もがいているのかもしれない
あるいは　ひょっとして　ぼくが忘れた
昔の嫉妬や恨みが　いのちをえて歩きだそうと
肉体を探しているのかもしれない
それにしても　ぼくには彼女の姿が見えない
しかし　ぼくの心の目には　ありありと
きみの明るい顔が見える　枕の上に
安らかにおさまっている　きみの寝顔が――
きみの吸って吐く　息と同じように
たしかで　安らかな顔が――
きみは　夢の中をさまよいながら
きみの愛するぼくに
ただ　じっと

見つめられている

春、シエラ・ネヴァダ――『有機哲学に向けて』より

江田孝臣訳

今年もまた金色のさそり座が、「死者の谷」を
見下ろす峠の上に整然と、そして燦々と輝く。
アルキメデスの頭脳のなかに生まれたひらめきのように。
おれは、温かい海の上に、ココヤシの海岸の上に
青白く点滅するその光を見たことがある。
水面の生きた光が
水をかく手から、わななくように離れ
唇を這い登り、濡れた髪をおおうのだ。
かつてここには氷河があり、今も雪が春遅くまで残る。
岩は光のように汚れなく、光は岩のように揺るぎない。
岩と氷と星の関わりには秩序があり、永遠に続く。
何世紀も経てやっと新らたなものが現われ、絶壁から岩
　が砕け落ちる。
氷河は縮み、灰色に変わる。
流れる水が草地に新しい彎曲を削り出す。
宇宙のなかを太陽が進み、地球が後を追う。
星々は位置を変える。
　　今年は例年になく雪が遅くまで残っている。
こんなのは誰の記憶にもない。一番低い草地は湖になっ
た。
それより上のふたつの草地は雪原で、峠は雪にすっぽり
　おおわれたままだ。
一番険しい岩山だけが顔をのぞかせている。峠と
最後の草地の間にある雪原には百フィートの
深さの割れ目が走り、そこに水が滝となって注ぎ込む。
落ち始める水は夕陽と入り混じり、雪のなかに落ち行く
　先では
黒く、力強い。
世界は、隠れた流水に満たされ
流れる音がエーテルのように耳を打つ。
花崗岩の針の群が雪のなかから聳えたち、はがねのよう
　に青白い。

銅山の上の絶壁は血のように赤く
白い雪が途切れている。
空は、夢のなかでくちづけした人の青い目のように
おれの目に迫ってくる。

　　おれはキャンプするため山をくだる。
アスペンの粘つく襞のある若葉の所まで。
今年一番のすみれと野生のシクラメンの所まで。
そして青い夕闇のなかで晩飯を作る。
夜の間中、鹿たちが鋭い蹄で雪を踏みしめ、通って行く。
闇のなかでも、彼らの冷たい鼻は、雪の切れ目に
新しい草を見つける。

（「現代詩手帖」二〇〇一年二月号）

ウィリアム・カーロス・ウィリアムズに送る手紙

江田孝臣訳

親愛なるビル

あんたみたいなのが過去にいただろうかと考えて
ときどき思うのだが、あんたは聖フランシス[*1]に
そっくりだ。肉体が幸福な雲のように抜け出て
恋をするすべてのものたち——
ロバとか花とか癩病患者とか星たち——
と一緒になってしまった、あの聖フランシスだ。
いや、それよりブラザー・ジャニパー[*2]の方に
似ているんじゃなかろうか。あらゆる侮辱と栄光を
堪え忍びながら、やさしい阿呆のように
笑っていた、あのブラザー・ジャニパーさ。
あんたは『小さな花たち』[*3]のどこだったかに
出てくるよ。だってビル、あんたは阿呆だからな。
イエーツに出てくるみたいな阿呆だ。イエーツの阿呆は
智慧と美を表わす言葉だ。
そう、あんたは、智慧のヘレネーにも
栄華のソロモンにも
肩を並べる阿呆だ。

覚えているかい？　何年も前に、おれが

あんたは中世以来最初の
偉大なフランシス派の詩人だ
と言ったのを。おれは、平和なディナーを
台無しにした。
奥さんは、おれがイカれてると思った。
でも、本当なんだ。それにあんたは「純粋」でもある。
本当の古典だ。古典然としてはいないけど。
その点じゃ、あの詞華集[*4]の女たちと
よく似ている。
かん高いサッポーじゃない。
確かに崇高だが、あの女は子宮内膜症だったにきまって
　いる。
サッポーじゃなくてアニュテ[*5]だ。あの女は言うべきこと
　だけをそっと、言葉少なに言った。おかげで人々は
その言葉を何千年も覚えていたのだ。

すばらしい寡黙だ
あんたは言葉少なく語るこつを
心得ている。世間についても、汚い
川についても、はたまた生ごみバケツについても。
雨に濡れて光る赤い手押し車や
冷蔵庫から盗んだ冷たいすももや、
野にんじんやひなぎくや
泥道に一斉に芽吹く
草の葉についても。赤ん坊が入っている
斑点だらけのお腹や、血に染まった
土手道を歩くコルテスと
マリンケ[*6]や、花の世界の死についても。

新聞がおしゃべり連中と一緒になって
よろめくこの頃も、あんたは相変わらず寡黙だ
毎年沈黙をひと束
別段言いたいこともない詩をひと束、
まるでジョージ・フォックス[*7]の沈黙のようだ。
あの男も、全世界の誘惑という雲の下、
ビーバー谷の家の
台所で、火にあたりながら
黙って座っていた。それと

あの模範というべきキリストの
沈黙だ。あの男も、長い沈黙の後で
たったひとことだけ言ったのだ、「そうだな」と。

ところで最近の詩であんたは言っている
「もうすぐ死ぬこのわたしは」と。
たぶん古典の切れっぱしの引用
なんだろうが、背中に
ぞくっとくる。ウィリアムズよ
いったい、どこでこんなもの見つけてきたんだ？
いいかい、いつかこんな日が来ることだろうよ。
牧歌的な『ユートピア便り』*8的風景のなかを
清らかに流れる
ウィリアムズ川のほとりで
ひとりの若い女が歩きながら
子供たちに言うのだ
「きれいでしょう」って。「この川の名は
昔ここを歩いた
男の人の名前をとってつけたのよ。その頃は
パセイイック川と呼ばれていて、病んだ人々や
工場が垂れ流す汚物で
とてもきたなかったの。
すごい人だったのよ。この川が
きれいな川だって知ってたの。あの
暗黒時代には誰もそんなこと
思いもしなかったけどね。そして
かれが見た美しい川は
今もかれの血管の中を流れているの。私たちの血管の
中を、目の中を
そして時間の中を流れているようにね。そうやって私た
ちは
川の一部になり、かれの一部になるのよ。
それをね、いい、覚えておいてよ
秘跡による結びつきって呼ぶのよ。
それがね、いい、
詩人っていうものなの、いつまでも続く
秘跡的結びつきを
創り出す人っていうことなの」

愛と讃嘆の気持ちを込めて
ケネス・レクスロス

訳注
＊1　アッシジの聖フランシス（一一八一‐一二二六）。フランシスコ修道会の創立者。キリストの生き方にならい、自己否定、清貧、愛、霊的な喜びを説いた。
＊2　フランシスコ派の修道士。
＊3　『聖フランシスの小さな花たち』。聖フランシスとその兄弟団にまつわる伝説集。
＊4　『ギリシア詞華集』。
＊5　古代ギリシアの女性詩人（前四世紀・前三世紀）。
＊6　メキシコの征服者コルテスの通訳となったインディオの女。愛人でもあった。
＊7　フレンド会（クエーカー派）の創設者（一六二四‐九一）。神の啓示は内なる光として直接個人に与えられると説き、既存の教会を否定した。
＊8　ウィリアム・モリスの社会主義的ユートピア物語（一八九〇）。

（『ウィリアム・カーロス・ウィリアムズ』二〇〇〇年ブロークン・ブルーアンブレラ・コーポレイション刊）

Ⅱ　短詩篇

キングズ・リバー・キャニオン

片桐ユズル訳

わたしのかなしみはひろく
そのむこうまでは見えない、
そしてたいへん深いので、
底に達することができない。
月はふかいもやにしずみ
キングズ・リバー・キャニオンは
うすい　あたたかい　しめった　シルク・スクリーンが
　たちこめたようだ。
土星が　ふとい光でつきとおし
黄金の、うるんだ目のようだ、ちかくに
アンタレスがかすかにひかって、
またたかない。頭上はるかに、
岩が月光に暗くひかっている――
ルックアウト・ポイントだ、そこでわたしたちは横たわ

り
もうひとつの満月を見た、そしてはじめて
この峡谷をのぞきこんだのだ。
ここでわたしたちはキャンプした、しずまりかえった秋
の水ぎわで、あたたかい十月だった。
わたしがつくったホットケーキであなたの誕生日を祝っ
　た。

ここであなたはいちばんいい絵をかいた——
無心の、おどろきの風景画。
しかし　ほとんどどこにも
のこっていない。あなたはそれらをやぶいてしまった
ながい病気の
ひどい苦しみのうちに。あの秋
から十八年がたった
この峡谷への入り方は
ほとんどだれもしらなかった。
わたしたちだけが、だれ
からも三十キロはなれた
わかい夫婦
を　かこみ　つつみこむ
しずかな秋
しずかな水
まわりくる落葉
とびかう数しれぬ
コウモリは洞穴から、いいにおいの
水たまりにちょっちょっと触れると
そこでは大きなマスが夕方になるとまどろんでいる。

十八年はこなごなに
生活の車輪にひかれた。
あなたは死んだ。一千人
の囚人をつかって山をこわしハイウェイが
ホースシュー・ベンドにとおった。青春はすぎた、
が　いちどしかこない。わたしの髪の毛
は白くなり体は
おもくなる。わたしもまた死にむかってうごく。
わたしはおもう　ヘンリー・キングの大時代
だが　わびしい『葬式』を

ユアン・チェンの傑作を
たえがたく　あわれだ、
ただひとりスプリング川のほとりで
わたしが想像しうる
わたしのさびしさより　もっとさびしく、
わたしはフリーダ・ロレンスをおもう、
ひとりニューメキシコで腰かけたまま
ながい乾季にたえ、きこうとしている
乳色のイザール川がざわめくのを
じゃりのうえで　うしなわれた春に

（「現代詩手帖」一九六六年六月号）

年月

また　もどってきたのだ
サンタ・モニカ・キャニオンの小屋へ
ここでアンドレーとわたしは　まずしく
しあわせだった。ときには
腹をへらして　野菜を
となりのはたけから　ぬすんだ。
ときには出かけて　懐中電灯で
タバコのすいがらをあつめた。
とにかく　毎日およぎにいった
一年中。イヌがいた
プロクラスといった、でかい黄色
の雑種だった、それから白いネコ
シプリアンがいた。はじめて
共同の展覧会をした。またわたしの詩が
パリで活字になりはじめた。
わたしたちの仕事場はひくい
アカシヤの傘のしたの庭だった。
いまわたしは車から出て
夕ぐれ　家のまえに立つ。
アカシヤの花が道いちめんに
金の毛糸玉をまきちらしている。
そのにおいは　ねむたく　おもく
はやい夕ぐれにおりてくる。

その木は屋根より二倍も
たかくなった。なかでは、じいさんと
ばあさんがランプのひかりにすわっている。
わたしは車にもどり
マリブ・ビーチにむかい
しらがの　おさな友だちといっしょに
見る　のぼる満月
のした　ながいうねりが暗い入江にしわをよせる。

（「現代詩手帖」一九六六年六月号）

基礎英語のホーマー

きらめくナウシカーの
縫いとり、まぶしい腕、
おもたくたれさがる乙女の髪、
洗たくをしてるところへ、風が
さわやかに吹いてくる
地中海の日。
オデッセウス、ほほこけて、
あらあらしい目つきで、やぶのかげからとび出す。
メアリーはおちてくる
滝のほとりにすわってホーマーをよみ
わたしはまだら模様のマスをとろうと
日がまだらにさす急流に糸をたれる。
小さくてすばしこい奴らだ。
この川はほとんど釣りつくされている。
水がおちてくる　ちらちらする
天井から　あかい
セコイアのあいだをとおり、花崗岩
と石灰岩をつたい、みどりのシダ
むらさきのハウチワマメのしたをながれる。むかしは
大きな年とったマスをこのへんの
淵や急流でとった。三才魚
をとったことがある。
メアリーは七才だ。ホーマー
は彼女の好きな作家だ。
わたしは一生の

恥や浪費ののちにホーマーが
わかった。彼女はいう「これらの神さまは
ひどいじゃない？　することといえば
ミルトンの天使たちのように争ってばかりいる、
そしてかわいそうなギリシャ人や
トロイ人をだましている。アイアス
とオデッセウスがいちばん好きだ。彼らの方
が　あの神さまたちよりずっと
ましだ。」絵をかく
能力とおなじく、彼女もたぶん
この知恵をわすれるだろう。それもまた
成長するにつれ　おとろえ
一生かかって　それをとりもどす
ためについやされるのだ。
いま彼女はカサリンに
七才の深遠な英知をおしえ
カサリンは三才の
深遠なノンセンスでこたえている。
しらがまじりで花崗岩の山で、
わたしは子魚をとる。十四、
とホーマー、と二人の
女の子が写真にポーズする　そばに
六メートルの太さ、肉桂
の赤色のセコイアの木。
シャッターをおすと
この木もかつては
オリンポスの松とおなじ大きさだった
ホーマーが歌った頃というよりは、トロイ
がおち　オデッセウス
が船出した頃に。

（「現代詩手帖」一九六六年六月号）

いきてる真珠

十六のとき西部へきた、シカゴ・
ミルウォーキー・アンド・セントポール、
グレイト・ノーザン、ノーザン・

パシフィックの貨車にのって。ありついた
しごとは　ある男をてつだって
オカノガンとホース・ヘブン地方で
野性の馬をかりあつめて　群にして
おっていった。いちばんいいのは
しごとのわけまえとして
しっけいした、あとは　ニワトリや
イヌのえさになった。われわれは三十匹を
メソウ川をのぼり、ツイスプ川をのぼり、
シェラン湖の水源をこえて
スカギット川をくだり
ピュージット・サウンド地方に出た。わたしは
料理とキャンプしごとをした。
二週間もたつと　かなり
うまく動物をあつかえるようになった。
毎日　くらをおいて
あたらしい馬にのった。つぎの日は
その荷物をしょわせた。
マーブルマウントにつくまでに
馬たちはかなり　ならされた　とおもった。
それを買ったトンチキ野郎は
ならしてない砂漠の野馬をかった
とおもった。二、三週間で
彼らはおとなしく　セドロ・ウーリーで
牛乳車をひっぱっていた。
一シーズンに三回いった
そして十分のこしたので
戦後の不況はなんともなかった。
今夜、
三十年たって、わたしは
モノ峠であれはてた
坑夫の掘立小屋から出てくる、空には
満月と　いくつかの大きな星がある
山腹は雪で　まだらになっている
真夜中の空気は月の光で
みちあふれている。ダンテがいったように
「ちょうど雲が　わたしを
つつんで、あかるい、ふかい、かたい、みがきあげられ

た、
太陽が偽造したダイアモンドのようだ。
われわれは　永遠の真珠にはいった、
それは　われわれをいれた　ちょうど水が
光線をいれるが、それ自身は切りさかれない。」
十五年まえ、この場所で、
わたしは詩をかいた
『有機的哲学へむかって』。
すべてのものが　そのままだ、
そして　ほとんどちがっていない
むかし　わたしがはじめて
峠をこえたときから
マダラ馬や　こげ茶シマウマや
青銅のアシゲや　きいろ馬、
とばっちり模様のアパルーサ、
祖先がコロナードーといっしょにきた
ずんぐりした野性のポーニーなどを追いながら。
今夜は馬の鈴は　きこえない、
ただ　カエルのなき声が
雪でしめった牧場で　する、するどい
山キツネの　一吠え
が、たかい岩かげで　する
そこには野生のヒツジが　音もなく　うごく
水晶の月光のなかを。おなじ感じが
かえってくる。もういちど　よみがえる
大平原では　ランタンが
ここちよい暗やみを、垣根にそって、はたけにそって
家にむかって　うごくところから出てきた少年
の　おそれ、わかい日の興奮が
とつぜん　ひらべったい
幾何学的　大通りのある
シカゴから　はじまり、かぎりない
そして非人間的な　荒地の
西部へはいる、そこでは精神が
ふたたび　ピタゴラスのもとめた
かたちを見出す、有機的関係
をなす　石や　雲や　花
と　うつりゆく惑星と　おちる

水。マーサと　メリーは
それぞれのバッグでねむっている、たがいの
愛のマユ。わたしの生涯の半分は
西部ですごした、その多くは
さびしいたき火のそばの地面で
夏の星々のしたで、また
雪が　松のあいだから　また屋根から
吹きこんでくる山小屋で。
これからは　いままでほど　ここでキャンプ
しなくなるだろう。三十年は
もうかえってこない。
「われわれのキャンプ・ファイアは
さびしい山影に消えた。透明な
月光が　何千マイルも　ひろがっている。
すみきった平和は　つきるところがない。」
わたしのむすめの　ふかい青い目は
月の影にねむっている。来週
彼女は満一才になるのだ。

（『現代アメリカ詩集』一九六二年飯塚書店刊）

Ⅲ 後期長篇詩 1967–1978

片桐ユズル訳

摩利支子の愛の歌
――片桐ユズルによる復元のこころみ

ケネス・レクスロス訳

摩利支子へ　ケネス・レクスロス
ケネス・レクスロスへ　摩利支子

Ⅰ

机にむかい
あなたに何と書こうか？
恋に病み
あなたと肉体で会いたい
書けることといえば
「恋しい　恋しい　恋しい」
恋の傷が胸をいため
はらわたを引き裂く

あこがれの発作で息がつまり
やまりそうもない

Ⅱ

会いたさに
出ることさえできるなら
一万里も一里でしかない
でも同じ町に住みながら
会ってはならないあなた
なので　一里は一万里よりもとおい

Ⅲ

人目をさけることのつらさ
真夜中に
しょうじをあけて待つ
あなたはおそい　あなたの影が
木かげをぬけ
庭をくぐって来る
家族の目をぬすんで――抱きあう

涙は手にあふれ
袖はすでに濡れて重たい
まじわりをする　と突然
火の用心の
拍子木とちょうちんの影
こんなときにくるなんて
なんていじわるな
人影におびえてしまい
たわごとを
くりかえし
とまらない

Ⅳ

会うまえは
何をかんがえていたかですって？
かんたんよ
会うまえは
何もかんがえることはありませんでした

Ⅴ

秋は世界中を
にしきでおおいつくす
こおろぎは「衣させ」と鳴く
わたしよりずっとつましいのね

Ⅵ

ふたりだけ
この小屋で
そとからはなれ
世間からとおく
きこえるのは岩走る水の音だけ
わたしはあなたにいう
「ほら　木立をわたる風の音よ」

Ⅶ

あなたとねるのは
塩水をのむようなもの
のめばのむほど
のどがかわき
それをとめることができるのは
海をのみほすことしかない

Ⅷ

夜明けの一筋の光
ふたりの恋のよろこびは
無限だ
日も照らなければ
月も　星も　いなづまもひからず
ともしびさえ無い
すべてのものを白熱させる
のは愛で世界中があかるくなる

Ⅸ

あなたはわたしをおこし
股をひろげ　口づけする
わたしはあなたに

世のはじめの朝の露をあげる

X

沼の芦は霜におおわれ
もやがそのあいだから吹いてくる
と　長い葉ずれの音がする
胸がよろこびでいっぱいだ

XI

うぐいすが満開の木でうたう
かえるがみどりのいぐさでうたう
どこもかしこも　おなじ
いのちといのちがよびかわす
黒雲が虚空にただよう
いさり舟が潮にただよう
帆をあげれば舟出する
が　綱は　昔ながらに
女の髪の毛でなわれているから
みどりの深みにうつる舟影を
ひきもどし
愛の港につなぐ

XII

さあどうぞ　いつもあなたが
そっと来る　わたしの炉ばたの
炭火のバラの花園が
夜の森のかなたに明るいように

XIII

草にねて　あなたにあけひろげる
真昼の日の下で
かげろうがなかばかくす
わたしの花びら

XIV

橋の上や
賀茂川の
堤の上から　群衆が

「大」という字を眺めている
それは山の上で赤く燃えあがり
やがて消えはてる
わたしにまわしたあなたの腕
わたしは情熱で燃える
突然わかった
わたしが燃えているのは生命だ
これらの手が燃え
わたしにまわしたあなたの腕が燃える
ほかのひとたちをごらん
まわりの群衆　何千人
みんな燃えている――
そして燃えさしとなり暗闇となる
わたしはうれしい
わたしの何も燃えていない

XV

夜ごと
あなたを夢みるので
さびしい昼は
夢なのです

XVI

恋にこがされ　せみが
なく。ほたるのように　ひそかに
わたしの体は恋でもえつくす

XVII

今夜はここでいっしょにねよう
あすは　どこでねようと知ったことではない
もしかしたら野原にねて
石枕するかもしれず

XVIII

ほのおが
もえる　この胸
煙は立たず
だれも知らず

XIX

昼は張りつめてくらす　白昼
あなたを夢見て。だから　ほっとする
夕暮の鐘が
寺から寺へ鳴りわたると

XX

だれ？　わたし
わたしってだれ？　わたしはわたし　あなたはあなた
あなたが「わたし」をとったので
ふたりはわれわれになる

XXI

春の満月
虚空より上り
押しのける
星々の網を。透明の水晶球が
薄色のベルベットの上におかれ
宝石がちりばめてある

XXII

今春　水星は
太陽よりもっとも遠く
もえている　一点の光が
夜明けのあかりのなかで　さしてくる
下には無数の
砂粒と波の
はてしない海

XXIII

もしわたしが
十一面観音
であなたに口づけし　千手
観音で　あなたを
いつまでも抱けたらよかったのに

XXIV

あなたが乳首をかむので
さけび声をあげてしまった　そしてオーガズムが
体中をながし去り　わたしは
まっぷたつにされたみたい

XXV

あなたの舌がつま弾きし　わたし
のなかにはいってくる　すると
わたしはからっぽになり
めくるめく光で燃えあがる　ちょうど
大きな拡大しつつある真珠の中にはいったみたい

XXVI

いまは雁が
かえるときだ
沈みゆく日と
上りくる月のあいだに
雁の列が「心」という字を書く

XXVII

おふろから
出てきたら　あなたが
低いベッドのよこの
水平な鏡のところへ連れていった
乳房があなたの手のなかでふるえ
おしりはあなたに触れてふるえた

XXVIII

ことしは春が早い
月桂樹　梅　桃
すもも　ミモザ
一度に花ひらく。月の下
夜はあなたのにおいがする

XXIX

愛してよ。いまわたしたちは

世界中でいちばん
幸福な人間だ

XXX

世界中でなにも
われわれの愛の十六分の一にさえあたいしない
それはわれわれの心を解放した
ちょうど　あけの明星が
夜明けまえのくらがりのなかで
世界をあかるくするように
そのように愛がふたりの胸のなかでひかり
われわれを栄光でみたす

XXXI

いつかは六寸の
灰だけ
になってしまうだろう　わたしたちの情熱のこころも
ふたりの愛でつくった
世界のすべても　そのはじまりも

うつろいも

XXXII

あなたの頭をきつく
股のあいだにはさみ　あなたの
口におしつけ　ふんわりと
どこまでも　蘭の舟で
天の河を行く

XXXIII

わすられぬ
わが黒髪の屋根の
うちなる　暗がりの香り
ながき夜のまじわりののち
まじわりせむと　めざめたるとき

XXXIV

朝ごとに　目
ざめてはさびし　わが

腕を　口づけせまる君かと
夢みて

XXXV

うぐいすは竹やぶにねる
ある夜　竹のわなにとらえられ
いまは竹のかごにねる

XXXVI

けさは悲しい
霧ふかく
しょうじをよぎる
きみの影も見えず

XXXVII

竹やぶを
風がとおるだけ？
それともあなた？
ちょっとした音にも

胸は早鐘をうつ
くるしみをおさえ
ねようとするが
よけいねむれない

XXXVIII

夜どおし待ちました
真夜中までは燃えていた
あけがた　せめて
夢で会いましょうと
つかれた頭で
うつぶせた
けれども　早おき鳥の歌が
わたしをくるしめた

XXXIX

一瞬たりとも
あなたのおもいを
やめられないので

二巻きしていた帯が
三巻きするようになりました

XL

わだちが追いかける
車ひく牛のひづめ
わたしの悲しみが追いかける　あなたの足跡
夜明けにわかれるとき

XLI

山で
歩きつかれ
霧に迷い　キジが
さけぶ　つれあいをさがして

XLII

愛の激流にはじめて入ったのは
幾世まえのこと？
ようやくにして
彼岸なきことを知る
それでも　何度も　何度も　はいるだろう

XLIII

手紙にはさんだ花ふたつ
月はとおき山におち
竹は露しとど
待っている
こおろぎは夜どおし松に鳴き
真夜中をつげる寺の鐘
雁が頭上に鳴く
ただそれだけ

XLIV

わが髪のみだれは
ひとり寝られぬ枕のせい
うつろな目と　こけたほほは
あなたのせいだ

XLV

能で
静御前が
雪に足をとられるのを見て
悲劇をたのしんだ
なぜなら
こんなことは
わたしにおこるはずがないとおもったから

XLVI

光の洪水を放射し
内の光であふれながら
われわれの愛は
外からの力で暗くされていった

XLVII

いつの昔のこと
宇治橋のほとり
ふたりで舟にのり
ほたるの雲をかきわけたのは

XLVIII

いま青春のほたるは
すべて消えた
強力な殺虫剤は
中年のものだ

XLIX

いまひとたび
春はじめての蛙が池で鳴く
わたしは過去に圧倒される

L

公園でからすが目をさまし
満月の下で鳴いている
わたしも目をさまし
帰らぬ月日をおもい涙する

LI

わたしが好きだからつきあってくれたの?
好きなんかじゃなくてつきあったの?
それとも　つきあったのはただ
わたしの心をためすためだったの?

LII

かってわたしは
雪山のようにかがやいた
いまわたしは
暗やみに射られた矢のように行方しれず
あのひとは行ってしまい　わたしは
ひとりでくらし
ねることをおぼえなくてはならない
森の奥で人しれぬ隠者のように
ひとりで行くことをおぼえなくては
ならない　扉のように

LIII

わたしがいなければ
あなたは手あたりしだい
パチンコ玉のように生きるしかない
わたしはあなたの知恵だ

LIV

ほととぎすが鳴いたか?
見てみれば　ただ夜明けと
最後の夜の月
月が鳴いたか
ほろびれて　ほろびれて　と

LV

ねむれぬ者にとって夜はながすぎる
足のいたむ者にとって道はながすぎる
生きることがながすぎる女は
情熱でおろかになったからだ

なんでわたしは　曲り曲った恋の道を行くのに
ひねくれたガイドをみつけてしまったのか

LVI

あなたが愛したこの肉体は
もろく　はかないものです
ただよう小舟のように
鵜飼の火が
夜にゆらめく
わたしの心も苦しみにゆらめく
わかってくれる？
わたしのいのちは消えるのよ
わかってくれる？
わたしのいのちよ
宇治川のながれに網をはる
杭が見えなくなるように
流れと霧が
わたしをとらえる

LVII

おわりなき夜　さびしさ
風がたたきつける　もみじの葉を
しょうじに。わたしは待つ　昔のように
秘密の場所で　満月の下
さいごのツクツクボウシが鳴く
むかしの恋文が出てきた
あなたの未発表の詩がいっぱい
いいでしょう？　どうせわたしにくれたんだから

LVIII

夢　うつつに
気がついた
こおろぎの声が
ふけゆく秋とともに　ちいさくなる
わたしはこのさびしい
年がすぎゆくのを歎く
そしてわたし自身

だんだん影うすく消えてゆく

LIX

いやな　この幽霊の影が
満月の下に立っている
わたしはふえゆく白髪をかきあげながら
こんなにもやせてしまったのか　おどろく

LX

冷えきって　目がさめる
夜明けの光　窓の外には
紅いもみじの葉が音もなく落ちる
何を信じたらいいのか？

冷淡？
悪意？
夜があけるのが嫌になった
それは　あの朝のこと以来なの
あなたの鈍感なまなざしがわたしを凍らして
しまったのだから

夜明けの冷たい月のように

訳者付記

摩利支子とは、ケネス・レクスロスによれば、京都の摩利支天のそばに住んでいる女詩人のペンネームであるそうだ。彼はその訳を一九七四年ごろからいくつか発表していたが、六十篇まとめたものが *The Love Poems of Marichiko Translated by Kenneth Rexroth*（Santa Barbara: Christopher's Books, 1978）である。一九七八年四月二十一日に京都アメリカン・センターでケネス・レクスロス詩賞受賞の七人の若い女詩人たちとの朗読会で彼がこれら六十のマリチコの愛の詩を一気に読んだのが、とても感激的で、それらをまた日本語にもどしてみたいとおもったのが、この復元のこころみである。

摩利支天は、ケネス・レクスロスによれば、アーリア族侵入以前のインドの夜明けの女神で、仏教にはいって菩薩のひとりとなり、芸者、売春婦、出産、恋人の守り神であり、また武士の守護神であった。寺社、仏像という形ではほとんど残っていないが、道端の石にきざんだイノシシは摩利支天のシンボルである。顔は三面あり、慈悲、イノシシ、恍惚をあらわしている。また真言密教立川流により、ひろく、ひそかに、信仰された。また「光」すなわちシャクティ（力）またはプラジュナ（知恵）として大日如来のひざにのって性のよろこびをあらわしている。

これらの詩は全体で、たとえば和泉式部日記のように、ひとつの物語をつくっている。またいろいろの古典や与謝野晶子の短歌や仏教思想をふまえていて、レクスロスの訳書にはくわしい注があるが、いまはあえて省略した。

（『摩利支子の愛の歌――片桐ユズルによる復元のこころみ』一九七八年かわら版刊）

心の庭／庭の心
――メアリー、キャサリン、キャロルに

I

稲の早苗は
植えかえられたばかり。茶畠は
低く密生している。ナスは
まだテントをかぶっている。
コトの草地、三味線の
池、山の鼓。水の笛が
夜どおし月光に落ちる。
わたりどりが屋根で
さえずる。ツツジが咲く。
夏がひらく。六十歳
の男、いまだに
山林をさまよい、あつめるのは
キノコ、ゼンマイ
タケノコ。聞きいる

時空のかなたに消えた
こころの奥底の音楽。
谷神は死なず。
暗き女と呼ばれる。
暗き女を入口として
天地の根にいたる。
まゆ糸のように引きだせば
彼女はつきることなし。
つとめずして動ぜず。
それはみどりの上着だった、みどりの
上着に黄色の裏地。
胸の痛みはいつ終わる?
みどりの上着だったな、みどりの
上着と黄色いスカート。
胸の痛みはいつ去るのか?
つねにみどりの松はますます
みどりに　春はおわりに近づく。
早苗は黄色く　水は青い。

II

立ちどまる　わが六十代の
旅路のはて
地球の裏側――ここはどこか?
腰おろす岩
のそばに滝がはしる
鞍馬温泉のうえ
京都の山奥。
このようにすわること　何百回
アディロンダック山中　そして
バーモントのグリーン・マウンテン、
マシフ・サントラル、アルプス、
カスケード、ロッキー、シエラ　そして
ナイアガラさえも、むかし、むかし
雪の夜に。
水はおなじことばをかたる。
なにかおしえてくれたにちがいない
これらの年月、これらの場所で

いつもおなじことをいっている。
モットマナンデオケバヨカッタ
モットカシコクナッテオクベキダッタ。
イマ　ワタシハ　年ヲトリ
冬ト知識ヲ重ネテキタ。
目ノ前ニ見ルノハ何カ
水ノ煙ト霧ノ中ニ？
なにかまなんでおくべきだった。「わたし
は誰か？　何ができるか？　何が
のぞめるか？」カントはケーニヒスベルクで
オイラーのジレンマの橋に立った。
どこか、なにかのトポロジーで
結び目はしぜんにほどける、
橋はみんなつながっている。
ほんとうか？　どうしてわかる？
「愛とは何か」たわむれてピラトはいった
が答えを待たなかった。
ズイブン多クノ　オロカナ
質問ヲシタモノダ　口ガキケルヨウニナッテカラ。

イマ多クノ冬ヲ経タガ
答エハ　ホトンド無イ。
年ガ　イツシカ
シノビヨッテキタ。
目ノ前ガ　ヨク見エヌ
ノハ煙カ霧カ？　たちこめる
滝の霧が
おしよせる。二重
の虹はかわらぬままだ。
うしろにしてきた年は多く
まえにある年はすくない、これは
いつものことだった。何が
のこっているのか　不安定な
時の天秤の皿のなかに？
出産、愛、恍惚
が刺激する神経は　他では
ぜったい使われず
おもいだすことも
むつかしい、そして　まぼろしは

まぼろしのだめさかげんを
はかるものだ。わたしは愛した。わたしは見た。
見はるかす京都までずっと、
そして見上げる頭上ずっと
尾根は仏陀の
寺院だ。この石工
と　きこりの村は
そのまま　果てしない　仏陀の世界だ。
さとった者はいつも
光のなかに住む　だから
それを知らない。ちょうど魚
が水のなかに住みながら
それを知らないように。
巨大なスギのした
苔むした石と
ササのあいだに　白い星
のアヤメがいたるところにある。
森は香に満ちている。
子どもの日、巨大なコイノボリが

浮く　そよ風の初
夏　見おろす　いらか
を埋める　山里。
軽い、安い、紙製はいいが
もっと丈夫な布製は
ほとんど舞い上がらない。
地上の岩には
天上の星座より
ながもちするのがある。
篠竹の金の葉が
五月のあたたかい風にのり
落ちるのは白い長方形
熊手の跡つけた砂利の寺
庭。なぜ竹は
この季節に葉をおとす?
たちこめ、おもくるしく暑い、
夕ぐれどきがおわる。
ウグイスがねじくれた松で鳴き
カッコーがイチョウの木で呼ぶ

のはちょうど昔の歌とおなじだ。
ツバメは電線でまじわる。
キジバトは斑点が
ウズラのようで、みたらし[*1]を飲む。
若葉がちょうど芽生えてくる。
竹は金緑の煙のようだ。
寺のうしろの
織物街
一日の騒音がしずまると
きこえてくるのはトントンカラリと
屋内ではたおる何千の音。
錦木——しかし亡霊は出ない。
金魚は堀でおよぐ、赤いこと
火のごとく、茶色の水に
もえる。堀は経典を
火から守るが、仏陀のことばが
もえるのは　インドの丘の
枯草や　星々のよう。
正しいことをするのは

なんとたやすいことか——水中
みどりのカエデの若葉が散ってる苔、
十四本の木と苔だけの
空地と、光線は
ちょうどエクスのクール・ミラボーが
どん欲で荒らされる以前のよう。
カメはみだら
の象徴だ、しかし経典
をまもる堀にはカメ様たちが
放流されている。カメさんよ、
三宝を守りたまえ、そのようにみだらなる
ハトたちは空で
虚空をまもる。彼らが錆びて
砂利の庭で物乞いするとき、彼らの
胃袋は石ころでみたされる。
「網目のベクトル」
われわれは一万本の力
の網によって定義される。
岩が　熊手で寄せられた砂

の流れでかこまれている。トラの縞
が竹のかげでたわむれている。
地衣類が荒れはてた竜の石をおおう。
「野菊が
崖のさけめに咲くのを
見るたびに、わたしは
都の栄華を忘れようとつとめる」
カワガラスは
流れの下の底を歩き
巣をつくるのは
滝のうしろだ。鞍馬川、
カウェア河、おなじ
カワガラス　だが
種類がちがう。

Ⅲ

朝はやく
キノコをとりながら、滝の
音楽がわが耳を洗う。

岩がごたごた清流をふさぐ
がアユは渦巻と浅瀬
を好む。靠畔在澗。
二千年まえ　それは
幸福と同意語だった――
「谷川のほとりに庵をむすぶ」
石のように硬く、水は
ダイアモンドのように光り、巨
峰をそびえたたせ
雲にいたらせ、峡谷をけずること
一万尺、しかも両極を
おおう。同じ水が
不可視の水蒸気
山に近づくと
形になる。
ここ、骨と泥がつみかさなり
石となり　この
山となったところ、かって海が
地平から地平までひろがっていた。

浅い海の底ふかく
僧侶のジュズのなかで
琥珀は松を記憶する。
滝の霧のなかの
何百万の真珠があつまり
虹となる。
心の奥ふかく　ひとつぶの真珠が
一千万の虹にかがやく。
存在と非存在の
二つの海に倦み、わたしが
あこがれるのは至福の山、
潮の変化におかされないもの。
山おくふかく
人の来ぬところ、
ときたま　なにか
とおくの声のように、
低い日ざしが
暗い森にしのびこみ、ひからせる
影ふかき苔の水たまり。

花と草が生えている
昔の儀式の
階段。日は　植林された
山のあいだに沈む。ツバメは
かっては極彩色の
若き王子の軒に
巣くっていたが
こよいは　きこりと
石切り人夫の家々をとびかう。
階段よりずっと古代のものは
巨石的壁
巨大な乾いた石垣が
コケとシダでおおわれている。もし
そっと近づいて　彼らの
声をまねたら、あなたは一日中
そこのアマガエルとはなしつづけられる。
桃の花びらが浮かび流れ去る
村のごみすて場。
夕ぐれがたちこめる山

ざと。桃の花ちる
流れに　ひびく
入相の鐘。過去と
未来すべての音が聞こえる
ひとつの鐘の音。山は
山でありつづける、
そして海もまた、しかし　いのち
のはかなさは　花びらが
虫の甲らにあるようだ。
わたしは温泉にひたり
体を洗う、創られしより
きずひとつなく、まぶしい
水中にあり、地宮より出でしまま
処女のごとく電気のごとく
水に枕してきた、この小石を口にいれている。
プラスとマイナスのこの二つの峰
に疲れ、わたしは波立たぬ
海に浮かぶ。

Ⅳ

水はいつもおなじだ——
太陽や　その他の星
をうごかす法則に
したがう。日本でも
カリフォルニアでも　それは
けわしい山の谷間を落ち
海へとむかう。流れは落とす
長い音楽のリボンを
寺のたつ高い岩から。
アユは流れに身をたもち
くるりと石のあいだに入ると
それはあぶくのふちだ。
白いアヤメがにおい
おもく崖にしだれる。
スギとヒノキが斜面を
のぼる。ほかにものぼるものがある。
なにかが相互作用的に

なだれおちる水に対してうごく。
それは急流をのぼり
激流、滝をこえ、
最後の高い泉にいたる。
それは分散して雨をのぼる。
それは見えないし　感じられない。
しかし滝壺のほとりに
すわれば、そこに満ちる
となえごとする呼び声すべてにより
平和のさわがしさのうちに
それはしぜんにわかる。
それはあなたの血の
分子のなかで、あなたの呼吸の
あいまに、かたる。水
は流れめぐり　すべての
障害をおおいながら、つねに
最低の場所をもとめる。ひとしくして
反対の、動と反動、
不可視の光があつまり
しぜんにあがっていく。しかし
なにものも　それを　とめられない。だれも
それを見れない。さえぎるものが
なんであろうと、まわり、のりこえ、
燃える無限小――
上へ　外へと――放射するのは
虚の暗黒
星々のあいだ。

V

びんの水は
びんの形だ。少女は
ドレスをきて　少女の形だ。
少女がドレスを含む。
ただひとつ地上にころがる石は
音らしい音がする。
菜食主義者の
寺の池のコイは
永遠に育つ。無限の砂

を波が洗わないところには
千羽の鳥はやってこない。
四千万の生徒が
観光している。四万の
おばあさんが祈っている。祈りの
ドラがなりやまず。ととのえられた
庭のすみをとおりぬけ
だれも山道をたどり
滝へ行くひとはいない、
そこへいけば九十歳の老婆が
胎蔵界をおがんでいる、
大きな裏声でうたい
手を拍ち
水しぶきが
うすい白髪と
しなびた乳房にとぶ。
ずいぶん長いこと
長い廊下をいったりきたりして
千の観音を
香の煙をとおして
ローソクの光で見ながら
それぞれちがうのがわかった。
くちびるの曲線、
まなざし、は　けっして
おなじではない、けっしてまったく同じの
祝福の手つきはない。
世の泣き声を聞くひとよ。
三万三千三十三
の頭に、それぞれ百の手
と十一の顔がつく。
似ていない。
チドリ、チドリ、鳴いている
カンノン、カンノン、カンノン、カンノン。
一羽のシギには一千
の羽。大海の鳥が
海をはなれるのは産卵だけだ。
日本は島の帝国
で二千万の女が

それぞれ毎日一万回の
くすくす笑いをする。だが考えてもみよ
この　まなこ重たき美術の学生は
髪の毛をひざまでたらし
美術館の芝生にいる。
ちょうど　紙巻きの
マリワナを一服したところだ。
そして　こんどは　恋人に
くすぐられている。
　　　　わが馬のひずめが
佐渡の流れをとびちらすと
一万の鳥がとびたち
鳴きわたる。
　　　　チドリ、チドリ、
カンノン、カンノン、
　　　　一羽ごとに
一万の羽。
　　　　世の
泣き声を聞くひとよ。

イノシシが、スフィンクスのようにならぶ
参道のはてに
摩利支天がある
芸者や淫売の守り神
にして夜明けの女神。わたしの
かたわらの少女は自分は
インドのえらい　あそび女《め》で
ほんとうはボサツの
生まれかわりだったという。そのこは
じつはコミュニストだった。
すべての生きとし生けるものが救われるまで
わたしはネハンに入らない。
道のむこうの神社では
縁日をやっていて
売店が摩利支天境内を
圧倒している。
年に一度の子どもの祭りだ。
長い暖かい夕方
山々があらわれてくる

賀茂川の上に　ちょうど扇の
ぬれた絹を薄墨にひたしたように。
大仙寺で管長の
庭をつくるものは　二つの
砂の円錐が積まれて
安らぎの角度をなし、それをかこむのは
杉綾模様[*2]の海で　熊手のあとが
砂につけてある。二つの円錐のあいだに
天女が投げたフィルムの
空き箱、赤と黄色、
火の色だ。われわれは出会い
触れ、去る、ちょうど丸太
と丸太が大洋で会うように。
受付のびょうぶには
扇があって　おすのウズラが
ひとり　雪の芦原で
ないている。夕ぐれふかく
わたしは宿へかえりながら　見る
もっとも偉大な　さとりの

石庭を、
ガソリンスタンドにタイヤの跡がつき
七つの石油のあきカンと
古タイヤがつみかさねられ
おろかなトラが
赤と黄色の火で描かれている。
さざなみのひろがりは
それのサイズによるのでなく
それが比例するのは
池に投げこまれた石の
かくされた力である。
海の波には
数がある、浜辺の
砂には数がある、空の
鳥には数がある。
宇宙の救い主たちには
数がない。

VI

清明の宵――澄んで明るい、
ウズラの胸の空と煙った丘
大きな青銅の鐘がゴーンとなる
あずき色の夕やけ。今夜おそく
雨だろう。あすは
晴れて、また涼しくなるだろう。もういちど
この浮世に澄んで明るい一日がある。
比叡の斜面はもやをかぶって
春も最後の一日だ。
春もやは夏もやにかわり
遠くの山々をかくす、
しかし吹きはじめた夕風が
そこから花の香をもたらす。
わたしが二言三言いうと　もやが
はれて　比叡と木々
と寺々と登りゆく人々が
ガラスのようにくっきりと浮かびあがる。

三匹の赤いハトが日焼けした
砂の上で、つぶやいているのは　ちょうど
かってわたしが愛した
ひとびとの声が遠くからきこえるようだ。カメは
堀の水面でねむる。
もし信念と不安、
よくばりと　執着が、
いかなる対象でも、
それの経験から排除されれば
それの本質のみがのこり、
それが究極の存在だ。
しがみつかずに生きるひとは
つねに　直接経験に生き
それが究極だ。知ること
と存在の問題の解決は
倫理的だ。
認識論は道徳だ。
さかりの　おすバトは
胃袋を壁土でみたす。

それぞれ　なわばりがあり、
そこに、今の季節すでに、
湯のみほどの大きさの
穴をほってある。彼らは
メスを争うのとおなじく
侵入から穴をまもる。
ロープなしの結び目は
ほどけない。ケーニヒスベルク
の七つの橋をわたることは
できないが　いつでも
川を泳ぐことはできる。
木の下枝は
夕日を暗がりにからめる。
ものおそろしさが暖かいたそがれを香らせる。
十字架のヨハネがいったことだ、
まぼろしをのぞむことは
食べすぎの罪だ。
ウグイスがうたっている
古い白松のほとり
の薬師の寺。

Ⅶ

お茶をのみ、庭を見る、
日本人女性の声は
たのしい鳥のようだ。
三毛ネコがころげまわる
日なたの絹のような苔。
枝の先端で
出たばかりのカエデの若葉の
赤いこと！　この秋
枯れたときになるのと同じだ。
もう一匹のネコ、イタチのような茶色。
日本人はたいていネコを好まない。
この寺の坊主たちは
かわってる。しかし
昼間　彼らのネコは鈴をつけている。
鳥はカエデに巣ごもっている。
女たちはアヤメとスイレンを

すばらしがっている。
塀のむこうで——ニシキギ——
織り機が　カシャッと——
この一画　どこでも
おびを織っている。

「ひがな一日
カシャンカシャンとはたを織り
夜は出かけて
パチンコあそび
何百のチンジャラジャラにつつまれて」
慈悲の観音は
百の手をもつ。鉄の玉
が天国から地獄へ落ちて
跳ねかえり　とおりぬける　クギは
環境というものだ。法則の
場といおうか？　偶然の場。
クリシュナが走らせるところで、アルジュナはたたかった。
日本国中パチンコ玉がふる

人類有史以来の
無数の性腺のように。
織り機のカチャン、クギの
カチャンは　有機的時間を
無作為にきざむ。
シズ、シズ、シズ、ヨー
糸まきのささやきが糸のすきまから、
はてしなく　くりかえす、「もしも
きのうを　きょうに
できさえしたら。」
ハシレヨ　ツムギ、運命ノ糸ヒキナガラ
二匹の黒いアゲハチョウが
二匹のネコの上をとぶが
ネコは年よりで気にしない。
セミが　午後おそい
あつさのなかで鳴き　そして
電話のベルがそれにこたえる。
これでいいのか？　坊主が
電話をもっても？　だれが

世の苦しみの叫びを聞くのか？
歯の大きな
髪を逆立てた若い男が
いっしょうけんめい
汗びっしょりになって
庭のさとりの　ひみつを
五人の非常にうつくしい
若い女性に説明している。彼には
庭も女も見えない。彼はまるで
応援団長のようだ。赤ん坊が
キップ売りの母親から、
はなれて走りだす、
無限の海
の　ほうき目の砂、そこには
きのうフィルムの箱があった。
禅堂の生活は
あらあらしい。　ひみつは何か？
正しい瞑想のむくいは？
それは　すべて

砂と苔と岩と　刈りこんだ
生垣にすぎないと　わかることだ。それは何ものも
象徴しないと　わかることだ。
鳥たちは　じつによく
その意味を知っている。彼らは
僧堂の境を無視し
いたるところではげしく交尾している
あつく香りたかい日なたで。
苔庭のひみつは
天気に応じて
かろうじて足りるだけ散水し
日に二回　ごく軽く
掃くことで　葉っぱだけをどけ
苔が刺激されるようにすることだ。
掛物として　ぶらさがる
むかしのけっさく以外で
この寺で
最高の書は　白い
タイプ用紙の一枚に

事務員のすなおな手書きで
「当寺の禅老師による
これらの雲の書の見本は
各一万円にておわけいたしております。」
おどろいたことには
黄アゲハ
は　すずしくなるにしたがって去り
もっとちいさい黒い蝶を
わたしはそれだとおもいこんでいたのだが
それこそは　きわめてめずらしいもので、
京都でしかみつからない。
ミネルバのフクロウのように
それが　いまだに飛ぶ　夕日は
赤金色の長いつぎを
苔と　苔むした
カエデの幹にあて、鐘が
入相をつげて
あたり一面で鳴りはじめ、寺と
寺がよびかわし、軒の

ハトはねむたげにつぶやき
ツバメがさいごの　一
回転をすると　コウモリが出て
半月がのぼる。わたしがゆっくり
外庭をとおって出ていくと
夜の音が町と森から
せまってくる。僧堂
の外では職人が
塀をなおしていて
三つの山をのこしていった、
赤土、砂、かべ
つち　と　わら。　すこし
はなれたところには　きちんと
砂利がつんである。　地面は
その四つの山のあいだと　松の木と
地面すれすれに切られた切り株のまわりは
注意ぶかく掃かれている。
ほうきの跡で
ほこりのうずまきが重なりあっている。

塀の裏側には
有名な庭がある、長い
長方形の白い掃き目の砂を
もうひとつの同じ長方形の苔
から　切りはなすのは
二つの岩、ひろがる一本の
松とツツジのしげみだ。
しげみがこだまするのは
はるか彼方の山々の形。
海はしずかだ。　森は
夕日にねむる。　はるか
かなたで　ヒマラヤは
世界をすべての悩みからまもる。
手はしぐさから
しぐさへとうつる。「地に平和。」
「悪からまもってあげよう。」
「われは力のみなもとなり。」
「わたしは惑星の軌道をうごかす。」
「こころは澄んだ虚にやすらぐ。」

Ⅷ

ひとの悩みのほこりが舞いあがり
夕焼けのバラ色をかがやかせる。
満月は地平をはなれ
大日の寺にあがり
計りしれぬ、不可知の
沈黙が　世界を圧倒する、
おどろきの軌道は、うごかず、
しかも執念のように大きくなる。
アミダの救いは
僧も家屋所有者も有頂天にしたが
あそび女《め》は　それなりに
白い夜どおし　おがみつづける。
菩薩のちかいの
つよさは　荒れくるう
カルマの海さえ　鏡のようにしずめるのだ。
生命の門の
守護神たちが

ねむれないのは
泣きながら　羽のはえた
因縁の束が　世から
世へととびながら、祝福を見つけられないからだ。
チドリ、チドリ
はたおりとパチンコが
ひびきかわし　ヨタカ
が　香たちこめる
庭で鳴き　月影がうごく。
ほんとうの月の出は
あかるくならないし、沈んでも暗くならない。
恍惚はぜいたくだ。
人事の水晶鏡は
星のかすむ天にかかり、
透明で、何も
うつっていない。ただ
執着の亡者と　想像の
永住者たちのみ
見える——ウサギが

苦い薬草をついている、ガマガエルと
踊る乙女、追放された盗賊。
三本足のカラスはどこか？
彼は太陽系を
月へと飛んでいる——
大日のマスコットだ。
わたしのこころは鏡ではない。
自分自身は見えない。
汝　もし　内なる光に帰依せざれば、
いずこへ帰依するぞ？
夜は深まる。天井の
すみに黒いムカデが
火のような赤い足であらわれ
巣のクモがおびえている。
わたしは本から立ちあがり
ほうきをもってクモをたすける。
牽牛と織女が上ってきた。
天の川をこえてワシが
光線をもって琴をかなでる。

IX

満月のした　知らない鳥が
呼んでいる
寺の高い塀のむこうの　杉木立。
もしかしたらアマガエル
それとも　夜警の坊主の
拍子木の甲高い音か？
暖かい夜どおし語りあっている。
Toak. tolk. tock. toak. toik. tok. tok.
竹は　おぼろ月あかりで
香の煙のようだ。
杉の枝は
大いなる黒雲のようだ。月は
かくれては　あらわれ
わたしたちと　ともに　うごく。
フクロウが音もなく来ては去る。
もし　満月が
アミダをあらわすなら、半月はだれか？

半月は　だきあう
シャカとタラだ。
真夜中。
はたの音
は　ますます響く　他のひとが
はたらいている時よりも。織っている
キモノは　ゆれる
海の色　おびは
夏山の雪のふちの
岩間に咲く花模様。
フクロウがとぶのをやめ
庭から庭へと鳴きかわす。
大きな赤い蛾がちょうちんに
とびまわる。蝶たちは
ねている。ツバメもまた。
ハトもまた。コウモリ
さえもまた。空気は
五月の夜のあまいにおい
そして寺の門ごとに

かすかな香がにおう。鐘。
そしてドラがすべての
塔頭からひびき、寺から寺へ鳴りわたり、
坊主の読経だ。
はたは　いつもとおなじく　おりつづける。
　Click clack click click clack click Cho Cho
　Click clack click click clack click Cho Cho.

X

ドラのひびき、鳥の歌、
男たちの朗唱、線香が
たちこめ、松の煙がただよう、
春の死の香り——
暖かい風が松の花粉で
鏡をくもらし、
琵琶のいとをかきなでる。
山の上では
まだ　野イチゴが咲いている。
霧がやってきて最後の
花びらをもぎ、散らすのは
人のこころまでも　だ。牽牛
と織女は天頂にのぼりつめる。
笛の音が長くしのび泣き、
鼓はのどをつめて泣く。
さおのカラリコにあわせて
織姫は曇る川の
かなたの牛飼のために
おどる。翼がたわみ
折れる。松の枝は
暗やみに　ためいきする。生命の水は
乾いたアシを　さっと流れすぎる。
満月のした、刺すような
香りが　白い夜どおし　ひろがり
新雪のにおいのようだ。
名も知らぬ木が
わたしの小屋の窓べに咲いている。
あたたかい夜　冷気が
山の流れをひきおろし

夏の谷をみたす
早春のかおり。おもいだす
草の庵
雨の夜、むかしを
おもい、山ホトトギスの声に
涙ながれてやまず。
彼女の腕輪が鳴り、足輪
が　ひびく。彼女はトンカラリ
と揺れる。彼女はいそいで
オビを　彼の来る日にまにあわそうとする——
七月の七日
パチンコ玉が
流星群のように降る宵に。
Click clack click click clack click
Cho Cho
Click clack click click clack click
Cho Cho
Toak. tolk. tock. toak. toik. tok. tok.
Chidori. Chidori.

カンノン。カンノン。
大いなるタカが　夜明けに
川をくだった。鐘状のフクロウが
月あかりで川をさかのぼった。
ペネロペへかえるのだ、
策略多き　さすらい人の
最後の女は　織り
ほどき　また織る。
月光に濡れた夜に夢の
浮橋はとだえる。峰の
横雲は吹きはらわれて
青空となる。

一九六七年　京都

編注
＊1　神社で参拝者が手や口を浄める水場。
＊2　ヘリンボーン（ニシンの骨）模様。

（『心の庭・花環の丘にて——その他の日本の詩』一九八四年手帖舎刊）

シルバー・スワン

ルース・ステファンに

雪あかり
さいごに見たのは
あなたと　だった
いま　あなたはいない
みずからの手で
くるしみを終えて。
雪あかり

＊

満月がのぼり
白鳥がうたう
夢のなか
こころの湖上

＊

オレンジ色と銀
吉野のたそがれ
やがて霜の星が
水晶のようにうごく
シベリアの風をバックに

＊

半月のした
野のコオロギは鳴かず。
ただ鳴くのは
爐ばたのコオロギだけ、さらに
声たかく、ガス・ヒーターのうしろ。

＊

夜もふけて、ひくく
欠けゆく十一月の
月のした、霜のおりた野生の柿

が枯れ枝にひかるのは
真珠のようだ。あしたはきっと
夏の蜜のように
あまくなるだろう。

朝曇り

森の小道に
落葉し　枯れ
草にコオロギがうたう
辞世の歌　露と暗がりのなか
わが歩く道は君の歩いた道
わが袖は思い出に濡れ

虚空

あなたからのがれられない。
ひとりさびしくおもうとき
めざめてみれば
踏みまよう
あなたの森　そのくらがりに
宝石のような獣
類の目また目。めざめてみれば
わたしは森の行者
まわりは　はかりしれぬ
虚空　それをおもって
なにも言えぬ

七夕

来てもいいかい
牛飼が織り姫に
来るときに。天の
河ほど広い海はない

＊

新月だったのが
半月になった。ぜんぜん
信じられない。ひと
月まえ　われわれは他人だった。

晶子の「夜の蝶」をまねて――康代に

霜白のキモノのきみ
枯れ枝にふちどられ
大みそかに家まで送る
街灯をとおりすぎると
ちいさく明るい羽毛いくつか
空に舞う。星がきみの
風に吹かれた髪に現われ、きみはさけぶ
「初雪よ！」

＊

春たけて、
行くまえに　ウグイス
は　かんたんなおしえを
くりかえすが　だれも
知らぬ、だれも
学べぬことゆえ

＊

よめ　と　むこ、
月はあかるく
台風の上

＊

ただ　海の霧
一切空
ただ　のぼりくる
満月のみ
一切空

＊

ほととぎすの声は
きれいだけれど
たえがたい
ほろびれて！　ほろびれて！
と春をせめたてるから

ツクツクボウシ

酷暑の月
もう鈴虫がなく
「行かなくては」

新年

満月が照らす
早咲きの梅　そして開く
のは竜の年。
多くの幸せの竜が
あなたによろこびを捧げますように

(『心の庭・花環の丘にて——その他の日本の詩』一九八四年手帖舎刊)

花環の丘にて——森田康代に

I

老いゆく巡礼がひとり
たそがれゆく小道をあるき
落ち葉と落ちゆく葉を通り
抜けゆく森はおおっている
遠い昔に死んだ王女
の丘の古墳
月影がさし　日光は
薄れ　西山は
遠く　かすみ
灯りがつく、うすく緑に
もやの都市の街々に

II

この王女はだれか？　その眠る
塚をかくす木々は

いまやほとんど葉が落ちている
ただマツとイトスギ
だけがまだ緑だ。薄暗がりに
散らばって　オレンジ色の野性のカキ
が枯れ枝にある。暗闇、フクロウ
が寺の鐘にこたえる。太
陽は天の交叉点を
過ぎた。

　　地上の葉のほうが
木にある葉よりも多い。
もはや道は
見えず。だがつまづかず
道はたどれる。わが重き心は
すでにこの道をたどった。いのち
去るまで記憶は
消えず、ただつよくなるのみ
夜ごと夜ごと。
　　　　　郷愁がうずく——
暗闇で一瞬一瞬が
長くのびて、わたしは
時間をこえ　ちょうど
二千歳のイトスギのようだ

Ⅲ

満月が出る
青い比叡山　オレンジ色の
たそがれが薄暗くなる。
加茂川は満々と
秋のはじめての雨を流し
水は紅葉した葉でいっぱいだ
赤いモミジ、黄色いイチョウが
暗い水の上に、ちょうど古い
中国の錦のようだ。秋のもや
が深まり　ついには
町の灯だけが残る。
秋のもや、それとも
大阪の工場の煙？　とはいえ
紫式部のときにも　もやだった。

Ⅳ

葉っぱ一枚うごかない。わたしはただひとり
百のむなしい山々に
囲まれている。セミ、
バッタ、キリギリス、コオロギ
はたおれて動かない、ひとつ
またひとつ。風鈴さえも
動かない。あおい
たそがれに、間隔ひろく雪片が
完全に垂直に落ちてくる。
しかも、わが釣殿のした
細く、澄んだ秋の水が
さらさらと絹のようだ。

Ⅴ

われわれのこの世界
つかのまの悲しみを知るよりまえに
涙をとおって　ここへはいるのだ。

山寺の　入相の
鐘の　残響が
完全に消える
ことはありうるか?
記憶は反響し反響しかえし
つねに強化されている。
波動が消えさることはない。
夜明けに向けて漕ぎ去る
小舟の残す白い波が
広がり打ちよせる
すべての世界の岸の砂。

Ⅵ

御陵のまわりの
森に群がるのは
崩れ　こわれた　墓石
この世に残った者の
だれもおぼえていないひとたち
新年を迎えるため新しい墓はみな掃除され

なおされ　どれも
花とか　すくなくとも
しめかざりはある。
落葉を踏んで歩くのは
とてもたのしいことだ、が
忘れるな、あなたが生きていることを、
彼らも二ヶ月前そうだったように。

Ⅶ

夜が閉ざす　もやの山々を
小雨で。わが七十歳の年
の第七日、
七・七・十、わたし自身の
七夕、わたし自身の
浄めの儀式。だれが
冬至に牽牛から織女へ
鷲から白鳥へと
わたるのか？
知性ある宇宙の
クラゲ、直径十光年。
翼竜が羽をつなげ
橋をつくる　天
の河、地球のした
太陽を背に。オリオン、
わが守護王が立つ
華厳経山。
これらの古い墓
の多くは若くして死んだ
英雄たちの墓。世界
の結合はそもそも
不安定なのだ。まあ　いい。
涅槃。
変化が永遠に世界を支配し
ひとはほんのひとときだ。

Ⅷ

おぼろ月
溺れ月

半月が霧におぼれ
かすんだ光がてらす葉っぱ
は暖い霧にぬれている。世界
が生きている今夜。わたしは
生きている原形質にひたり
それは果てしなく
大陸と大洋をこえてひろがる。わたしは浮いている
子宮のなかの子どものように。ひとつひとつ
の細胞を
つらぬく
ふしぎな電気的生命。わたしは光る
暗闇のなかで　月に濡れた
葉っぱとともに、わたし自身
セント・エルモの火の球だ。

*

わたしは音もなくたどる
しめった森の道　それは
崩れた古墳をまわっていく。
道は見えない。
わたしはかすかにひかる
ちょうど　崩れこわれ
忘れられた男
女の墓石が道をしるすほどに。
しばし　倒れた五輪の塔
に腰をおろし　聞く
のは物語りあう
フクロウとヨタカとアマガエル。
目が暗闇に
なれて見えてくる
と　わたしの腰かけは立方体で
まわりに散らばるのは
土、水、風、火、エーテル。
これら五元素でできていて
月、霧、世界、人間
はうつろいゆく組み合せにすぎず
力において異なるのみ、さらに
力は

虚への直観につきる――
こころに灯をともすひとつの思い。
こころの鏡は虚につるされてある。

＊

いまだにやすらぎはあるのだろうか　崩れた
古墳に　灰と　炭化した
骨が　片隅に
墓どろぼうに投げすてられ、すてた者も今はなし。
彼女はかつてはまばゆい花で
新月のような眉毛
白い顔、錦
の衣はイトスギと
ビャクダンの香でかおり、並いるひとびとと
天皇のまえでうたった、
中国と西域の歌。
そのひとが天皇に酒を捧げた
盃は銀と真珠をちりばめ
彼女の袖の月光のようにひかった。
少女――黒髪が
白いからだより長く――
けして年とらない。いまフクロウ
とヨタカがきこえてくる　霧は
銀と真珠だ。

＊

輪廻
はくるりと反時計まわりにまわる。
古い執着はふたたび
あたらしい結果に生きる。
にもかかわらず、いぜんとして、わたしは歩く
　このおなじ道
小屋からのぼると、あたたかい
月光の霧、あるいは雨、あるいは
秋風とモミジの
雨、春のサクラ
吹雪、わたしの下駄より深い
初雪のなか。そして今夜

夏至、無限の
真珠につつまれた夜。
九十九夜
山科の峠をこえ、
第百の夜と第一の夜
は同じ夜。
意識以前に知られた夜、
恍惚の夜、まったき
光明の夜なので
知覚可能とはいえぬ。

*

冬、花々はねむる
枯枝に。春、花はめざめ
開いて　さぐりこむハチをいれる。
夏、いまだ生まれぬ花々は
若い種子にねむり
果実のなかで熟す。山の池
は光る霧で
見えない。だが霧におぼろの
月が頭上に見える。
見えない水におぼれて。

*

霧に濡れ、月あかりで
クモの巣の彫刻が
道のうえにきらめく。わたしはよけて
竹やぶにはいる。霧
はすべてをとかす、
生あるものも死んだものも、ただ
この光のオカルト的数学はべつだ。
なにもうごかない。あの吹く風は
峠から坂を
吹きおろし　春は
花を　秋は落葉を散らせるが
今夜は吹かず。
クモの宝石の巣さえ
ふるえなくなった。ふりかえり

真珠と銀線の
建築をみる。ひとつひとつの
しずくが月を照りかえすのは
むかし松風と村雨の
水桶もそうだった。
いまわかることは　この
超越の建築物こそ
だれもとおらない山道に人知れず——
インドラの網。
無限の集合による無限
花環
それぞれの宇宙が反射する
ほかの宇宙、それ自体が
ほかから反射されている、
そして月は
虚空を満たすひとつの思い。
夜はますますひっそりと。まったくの
無音、ただ一本の笛が
音もなく吹きつづけ
天女の輪を踊らせる
（『心の庭・花環の丘にて——その他の日本の詩』一九八四年手帖舎刊）

Ⅳ　詩の朗読会

ほんやら洞のケネス・レクスロス

片桐ユズル訳編

――一九七五年一月十一日

　一九八二年六月六日に亡くなったアメリカの偉大な詩人ケネス・レクスロスは夫人キャロル・ティンカーといっしょに一九七四年秋から一九七五年夏まで京都東山泉湧寺のちかくに住んだ。そのあいだ精華の英文科へも数回特別講義をしてくれたが、ここでは一九七五年一月十一日に今出川通寺町西入ルの喫茶店ほんやら洞の二階を超満員にしておこなわれた朗読会のようすを再現し、彼の語り口と、多量の詩のうちからこの日のためにえらんだ作品をとおして、ある一夜のケネスの記録としたい。

　たぶん、いつものやりかただと、ユズルがすでに訳しもっている彼の作品と、彼が当日よみたいとおもうものをつきあわせ、おおよその予定をたて、あとはその場の雰囲気によって足したり減らしたりした。彼の座談は多くの影響力をもったが、その口調を日本語にするのはほとんど不可能だ。当日の司会と通訳はユズルがしたが、ここにある訳はその場での大まかな訳でなくて、テープからもういちど訳しなおした。

ユズル　あのー、ケネス・レクスロスさんはとくに紹介しなくてもいいくらい、有名なかたで、えらい詩人なので、それでみなさんこのようにたくさんおあつまりくださったとおもうんですが……

ケネス　それではと……聴衆の感じがつかめると、やりやすいんだが……英語でわかるひと?

ユズル　英語でよんで（笑）わかるひと（笑）

ケネス　ぜひ知りたいんだが……手をあげない外人が何人かいる（笑）

　さいきん白石かずこの詩を訳していてしばしばぜんぜんわからんことにぶつかる。日本語もわからんし、だれかにやってもらった英語の逐語訳もわからん。それで白石さんのところへ行って「これはどんな意味?」ときく。すると彼女は「わたしもわかんない。」

ユズル　いまの通訳しなくてもいい？　やらないとたすかるんですが。……外人のなかでも手をあげないひとがいるから、そういうひとは英語わかんないのかな、ということがありました。……

ケネス　これらの詩は新しい*New Poems*という本にあるもので、ユズルさんがわざわざ訳してくれた。かなり多くのものは和歌、短歌のかたちになっているし、また多くは一種の仏教的雰囲気がある、とはいっても……ユズルさんにこういったね「たぶん、これらは翻訳しないほうがいい、たぶん読まないほうがいい。というのは大徳寺あたりでヘロインを常習しているイカレタ外人のひとりだとおもわれたくない。」というわけでユズルさんは翻訳していない。

　これは「プライバシー」という詩です。

ふかい霧がとざす
丘のあいだ。
わたしは小屋から出る。
ぜったいに　それが
森のまんなかだったなどとわかるまい。
霧は煙のように渦まき　あかりのついた戸口に入りこむ。
アライグマがごそごそ
みえない茂みにいるのがきこえる。
つめたい湿気がきものの下にしのびこむ。
車が一台
下の道をあがってきたようにきこえた。
わたしは注意ぶかく霧のなかを歩き
切り通しのふちまできた。
なにも見えない。
突如
足のしたで
男女のこうこつの叫びがきこえた。[*1]

　こんどの詩は“Hapax”といいます。ハパックスというのは、むかしのことば、今は死んだ言語のなかで、一度だけしかお目にかからないことばだ。キリスト教の聖書にも一度しか出てこないことばがある。ときにはそれの意味もわからない。ホメロスにも、一度だけしか出てこない単語が、二つ、三つある。だれも知らない、それがどんな意味だか。おなじことが古典の日本語にもいえる。大きな作品とか、初期の歌集、とくに万葉集には、だれも意味のわからないことばがたくさんある。わたしが万葉集から訳していた一首のなかに字引きにないことばがあった。さがして、さがしまくったが、このことばの意味がわからない。そして、とうとう、すごい大きな古語字典にあった。それの意味はクリトリスだった。（笑）それは万葉集以外でも出てくるが、字引きには出てこない。しかしハパックスというのは、今いったように、一度しか出てこないことばで…そうそう……この詩のタイトル……この詩はいろいろ形をかえてわたしが何回も何回も書いている。わたしは「方丈記」と呼ぶ詩の連作を、ずいぶん昔に書いた。わたしは山小屋をもっていた。さっきの詩はその山小屋のことだ。山のなかの小屋で、ちょうど……キヨミズの上によく似たところで、二つの滝が流れて、小屋の下をとおり、その上に小屋が建っていて、ちょうど十フィート四方。いまは州立公園の一部になっていて、立札がたっていて「レクスロスの小屋に至る」と書いてあるけど、わたしは使わしてもらえない。そしてずいぶん多くの詩をそこで書いて、それらは似たりよったりだ。だからいわば、それらはぜんぶひとつの詩だ。この詩は「ハパックス」です。

詩のなかにいくつかのことばがある。redtailed hawkはノスリで、東山の上をとんでいるのとよく似ている。泉湧寺のちかくで、一羽、うちの上をとんでいる、陽があたるといつもとんでいる。それと同種類のノスリで、ただし、しっぽが赤い、それは見ればわかる。madronaというのは花の咲く木で、樹皮が赤く、薄くて赤い樹皮で、小さい花が咲く、そして種子はイチゴみたいで、ただずっと小さい。それぐらいかな。

復活祭まえの一週。もういちど満月
が深い空にひらく
氷の結晶の花のよう。
ひろがった冬の星座
が霧をただよわせ　あふれそうになる

海側の丘陵。そのむこうには
はてしないくらやみ、数えられず
光のちいさなかたまりがとおりすぎる
何億光年のむこう
何億の宇宙
いっぱいの星々と、それらの惑星たち
にひしめく生物たち
地球上に生きてる細胞のように。
それらに数はあるのだ、そしてわたしは
それらの存在と数をしまっておく
わたしの頭ガイ骨のなか
ゼリーのちょっとかたいぷちっとした点に。
　　　わたしはそれらが
はしりさる無限の空間のまっただなかを
およぐのをみた、ガラスのレンズをとおして
肉のレンズをとおして、神経の末端で。
問題は
存在にはいみがあるか
ではなく　いみには存在があるか　だ。

できごとはなにか?
いちにちじゅうわたしは尾根をあるき
ちいさな滝や淵が
春の丘に深々とあるのを見おろす。
キノコは空地の
おなじところにはえてくる。

次の二つの花は原始的な種類のユリの親類だ。

エンレイソウやカタクリ
は滝のそばに場所がきまっている。
サギがまいあがる、池
にちかよると、これは
四十年間おなじだ、そしてとんでいく
のはおなじ木々のすきまだ。
おなじ羽のはばたき
おなじなきごえ、何
世代のサギなのか?
おなじしっぽの赤いノスリたちが求婚しあっている

おなじ上昇気流の上たかく
草の崖の上。リスたちがとぶ
おなじカシワの木。わたしの小屋にもどれば
たそがれにフクロウがおなじ
枝でむかしのことばでうめく。
何億　何千億の世界
を満たす恐竜より大きな生物
とビールスより小さな生物、それぞれ
自分の場所がある、無限
のエコロジー。
わたしはイースターの月の出を見る。
花さくマドローニャが月あかりに光っている。
小屋の壁のミツバチたちは
おきている。夜は
花々とにおいと蜜でいっぱいだ。
月あかりでミツバチたちが
窓の下の穴へとぶのが見える
飛行する宇宙のようにかすかに光っている。
それは何のいみか。これは疑問文ではなく感嘆文だ。[*2]

次の詩をよみたいわけは、これも同じ主題をあつかっていて、実質的には同じ詩なのだが、こっちの方はもうちょっとはっきりと、わたしがどんな仏教宗派に属するか、わかるはずだ。これらの詩で言及している概念は、もちろんじつに現代的です。とにかくわたしの人生哲学にもっとも影響したのは華厳経で…ねんのためにいっておくと、シャカムニ、すなわち歴史上の仏陀、のドッペルゲンガーの女性への投影はTaraと呼ばれる。「タラ」にはふたつあって、みどり色のと白いのとある。もうひとつは観音、Avalokiteshvaraの投影だ。それがこの詩での意味です。

夜半の半月
頭上たかく

やりなおそう。これはたまたま大徳寺で書いた。だからわたしはけっして……ちょっと大徳寺をからかっただけ。そのすぐ近くに住んで、しばしば月あかりで散歩し

たものだった。

夜半の半月
頭上たかく
シャカがタラと合体する
黒い花嫁は恋人を得た
二羽のうめくフクロウが飛びうつる
マツからイトスギへと
最大の望遠鏡
によれば　わが銀河系の星より多くの
星雲が　その外にあるという――
もっと多くの細胞が
たったひとつの脳みそにある
すべての海の砂には
数がある
赤い転移――
死すべき魂が
不滅の体にやどる
光線は疲れ　すりへり
宇宙を旅する
フクロウはつがう
月光に満ちた夜明け*3

わたしの人生のかなりの部分は西部の山ですごした。野外生活、森林局のしごととか、そういったことだ。ゲーリー・スナイダーが――はじめて会ったときはまだ大学生だったが――そのときわかったことは、その夏ちょうど彼がはたらいてきた国有林はわたしが彼の年のときにはたらいたところだった。彼もおなじ営林署で、おなじ上司のところではたらいていた。わたしは彼が着任した年にはたらき、ゲーリーは彼が停年退職する年にはたらいた。

これはわたしの最初の妻に捧げる。彼女はずいぶん昔に死んでいる。

カリフォルニア山中であなたの誕生日
つめたい水のうえに月がくだけ

頭上たかくガンがなく
キャンプファイアのけむりがたちのぼり
天の幾何図形にむかう
無限大の暗黒のなかの光の点
せまい入江のあちらに見える
あなたの黒い影が火のまえを行ったり来たりしている
夜せまりくる湖上で一羽のルーンがなく
全世界はしずまりかえり
秋のしずけさ
冬をむかえる。わたしは
火のひかりの輪にはいり、あなたに
夕飯のために釣ったマスをわたす
ささやく湖のそばで食べながら
わたしはいった「何年もあとできっと
今夜をおもいだし語りあうだろう」
それから何年もたち
また何年もたった。わたしがおもいだす
あの夜はたったゆうべのようだ
が　あなたが死んだのは三十年もまえだ[*4]

こんど読むのは……そうそう、loonの説明をすると……北海道にいます、いつもではないが、ときどき来る。それはもうちょっと原始的なカモといったらよいか、するどいクチバシ、首に縞があって、この世のものともおもえないなき声でちょうど能の亡霊のように、ホホホ　オー　オー　オー……
次にこれらは短い短歌風の詩です。

真夜中すぎ
暗がりで
冬星のした
氷の蔓が
ウキグサをくぐりぬける[*5]

いまは雁が
かえるときだ
沈みゆく日と
上りくる月のあいだに

雁の列が「心」という字を書く[*6]

最後の「雁」(brant) は一種の小さいガチョウだ。それはこうは飛ばない。そうじゃなくて、こういうふうに飛ぶ(身ぶり)。……この詩集からはこのくらいでいいんじゃないか……あ、もうひとつあった。

ときどきわたしは定家風に書く。ときには与謝野晶子風に書く。

わすられぬ
わが黒髪の屋根の
うちなる　暗がりの香り
ながき夜のまじわりののち
まじわりせむと　めざめたるとき[*7]

こんどの詩はふしぎな詩で、……ずいぶんまえに読んだっきりになっていた本を、また読んでいたら、この詩に出てくる何行かは「アツモリ」だったかな? 「敦盛」だとおもう、に出てくる。とにかく平家の能に出てきて、どれだったかおもいだせないが。とにかく出てくる……この詩は第二次世界大戦のはじまったときに書いたもので、それがポイントだ。

だから、ずいぶん昔だな! この詩の題は、

枯葉と初雪

やがてみんなはいうだろう
「彼らは落ちた　枯葉のように
一千九百三十九年の秋」
十一月が森にきた、
またシクラメンをつんだ牧場にも。
年はとけ失せる霜のようだ
もやの牧場の茶色のスゲのあいだで、
朝にはシカの足あとがくろかったのに。
氷は影にできる、
みだれ髪のカエデが水のうえにたれている、
ふかい金色の日光がちぢんだ流れにひかっている。

ねむたいマスが茶と金色の柱をとおりぬける。
きいろいカエデの葉が渦にまかれる、
ひかるハコヤナギの葉、
オリーブや、ビロードのようなハンノキの葉、
まっかなハナミズキの葉、
ほど悲痛なものはない。

午後になると薄い雲の羽
が山のうえを行く、
嵐の雲がそれにつづく、
雨がしっとりと風もなく降る。
森は　しめった　よくひびく沈黙でみたされた
雨がやむと雲
が崖や滝にかかっている。
夕方になると風がかわる、
日没とともに雪がふる。
われわれは雪のたそがれに立ち
月が雲のさけめにのぼるのを見る。
くろい松のあいだに細い月光がよこたわる、
うかんだ雪でかすかに光る。
フクロウが　もれてくる暗やみでなく。
月には氷河のような光沢がある。*8

次の詩はほとんど翻訳だね。中国の偉大な詩人の詩ほとんどそのままだ。彼の名前が日本語でどう発音されるか知りませんが規則をあてはめると、トーフかな、でもちがうらしい。中国語とおなじ発音で、Du Fuと呼ぼう。彼は李白の友だちで李白より偉大だった。わたしの詩はほとんど忠実に彼の詩——ある寺について、つまり、彼はある寺で一夜をすごし、わたしは山で一夜をすごしている。そして、たまたま、わたしは朗読会などで、ずいぶん多くの学生とかそういったひとたちから質問をうけるが、今年の春ハーバードで読んでいた。すると若い男が立ちあがって「ドクター・レクスロス」といって、わたしはドクターなんかじゃないから、「アスピリン二錠のんで、明朝電話してください」といってやった。……彼の質問は「なぜあなたはいつも女のことを書くのですか?」というのだった。それでわたしは考えてこういっ

た「わたしの自然な反応は、いったいぜんたいほかに書くことなんてあるのかい?」とにかく、たまたまこれらの詩はたいてい女のことを書いてるようです。どうやらユズルさんは、フクロウがすきらしい。彼が訳す詩にはたいていフクロウが出てくる。わたしはフクロウについては書きません。これはおどろくほど杜甫そっくりで「もうひとつの春」という。

季節はまわり　年はかわる
たすけも監督もなしに。
月は、無心に
くりかえす、満月、新月、満月と。

しろい月が川のまんなかにはいる、
空気は満開のツツジで酔わされている、
夜ふかく松カサがおちる、
われわれのキャンプファイアはむなしい山中にきえる。
するどい星がまたたく　ふるえる枝
みずうみはくろく、底しれぬ　水晶の夜
空たかく　北冠が
おぼろな雪のいただきで　半分にきられている。
おー　こころよ、こころよ、こうも奇妙に
かたく　もろいものよ、
ここにわれわれは星うつす水に魅せられてよこたわり
ひとつひとつが永遠であるべき瞬間瞬間が
われわれのそばをながれていく　水のように。[*9]

つぎはイタリアの詩人レオパルディからの翻訳です。これは彼の一番有名な詩で、自分でいうのもなんですが、たぶん英訳では一番良いものです。だれかがいつだったかこんなことをたずねました「あなたが訳すものはあなたの詩みたいですね。」それでわたしはこういった。「そう、それだからこそ訳すのです。わたしみたいなのを訳すんです。」とにかく……

レオパルディ「無限」

このさびしい丘はいつも
すきだ、またこのしげみも
ほとんどの地平線を
さえぎりはするが。ここにすわり、
みつめ、想像する
はてしない空間
がひろがるのを、わたしの精神のかなた、
無気味な沈黙、
深遠なしずかさ、そしてわたしのこころは
おそれでほとんど圧倒される。
風が枝でうなる
とき、その音を
あの無限の沈黙にくらべ、
わたしは永遠をおもう、
また死んだ過去、と生きている
現在、とその音を。
するとわたしの思いは無辺におぼれ
このような海での難破は心地よい。[*10]

十九世紀の詩全体のなかで、これがいちばん極東の詩みたいだ。たぶんレオパルディはジェズイットたちのラテン語訳で中国の「詩経」をよんだのだろう。しかし全体の感受性はむしろ宋の詩人に近い。

（しばらく打ち合わせ）

わたしが今度あたらしい詩集に入れようとしている日本語の訳のなかには、すでにこの詩集に入っているのもあるが、マサオカ・シキ、シキ・マサオカの川柳がある。……彼の悲劇的な一生をかんがえると、これはじつに特異なことです。たしか子規だったとおもう。とにかく喜劇的皮肉な俳句として、これが一番だ。

Shitting in the winter turnip field
The distant lights of the city.
（冬の大根畠でくそをすれば
とおくに町の灯が見える）[*11]

唯一これにくらべられるとおもうのは、いままで書かれた川柳のうちでいちばん偉大なものは、わたしの学生が書いたもので、その学期で彼女は姿を消した。その後どうなったかぜんぜん知らない。彼女は一種の絵につけてこれをくれた。

We made love on the American flag
And came all over the stars
星条旗のうえでおまんこしたら
星のように飛び散った

子規とおなじに偉大だとおもう。

（カシャン、カラカラ……という騒音）

詩とジャズ！（笑）

これは……オリオン座の星雲は剣の三つ星のまんなかの星にある。いまちょうど真上に上っている大きな星座だけど、それが詩の題の意味です。それは「光の雲に包まれた剣」という詩で、わたしの小さい娘ともろもろの天体についてのシリーズのひとつです。

わたしはたまたまそのころ詩とジャズをやっていて、よくジャズといっしょにこの詩をよんで、それで……テープをとって、ジャズのスタンダード・ナンバーで「ザンキー」とか「タプシー」というのに、転調したり、コードをつけたりして……一番良いテープは、そう、ほんとうに良いテープはセシル・テーラーがまだほんの、十六才のとき。ピアノをつけてくれた。

それは「ファイブ・スポット」のクインテットといっしょだった。一番有名なのは、いまはドラマーとして人気のあるエルビン・ジョーンズとセシル・テーラーだ。そのほかいろんなひとがピアノをひいた。

おまえの手をとって、ふたりで
クリスマス・イーブの人出を見に、
フィルモア街、ニグロ
地区へいく。夜は霜が
つもっている。ひとびとはいそがしく、

吐く息にかざられてゆく。ウィンドー
のまえで子どもたちは
目をかがやかせて　ぴょんぴょん
はねている。サンタ・クロースたちがベルをならす。
車が立ちおうじょうし警笛をならす。市電がチンチン
　チン。
街灯につるしたスピーカー
がキャロルをうたい、ジュークボックス
はバーでルイ・アームストロング
が「ホワイト・クリスマス」をやっている。安酒場
では女たちが「ジングル・ベル」にあわせて
ぬぎ、まわり、尻ぶつけあう。頭上
のネオンがなぐり書きし
消し　また　なぐり書きする
どん欲のメッセージ、
中流階級の
よろこび、かなしみ、健康、ほこりたかき名まえ。
月はほほえむプリンのよう。
われわれは　かどでたちどまり
見上げる、対角線
のかなた、のぼる月
と　堂々たる秩序の
広大な冬の星座を。
おまえはいう「あそこにオリオン！」
われわれのどちらもが
この世でしるかぎり
もっとも美しいものが
月光でからっぽになった
空に立って、みおろす　むらがる
老若男女、黒人
白人、よろこぶもの　欲深いもの、
善人悪人、売り手に
買い手、支配するもの　されるもの、
これらはなにか莫大な定理
のように、ひとたび解かれれば永遠に
ベルやデコレーションのしたの
悲惨や苦しみが解決されるのだろうか。
そこに彼はいる、クリスマス

前夜の男、空に
ひろがって　ほんとの神のようだ
ただそれを　ほんの
ちょっと信じさえすれば
そうなる。わたしは五十
で　おまえはいつつ。こんな
ことをいっても
書いても　なにもなるまい。
オリオンを信じよ。信じよ
夜を、月を、人ごみの
大地を。信じよ　クリスマスと
誕生日とイースターのウサギを。
信じよ　あれらすべてのはかない
自然の複合物、すべて
ついやされ　きえるべきものを。
つねにこれらのものごとに忠実であれ。
これらしかないのだ。けっして　この
野蛮な宗教をすてて
血でぬれた文明
ごろつきの抽象を信じるな
やつらはおまえとわたしを殺すことで食っているのだ
から。[*12]

雑誌の名前はわすれたが（じつは『詩と思想』のこと）、わたしが東京へきたらすぐ電話をかけてきて、いや、ここへきてからだ、そのまえは東京に一ヶ月ほどいたんだったが、彼らは渥美育子さんに電話して「すぐにレクスロスのもっともビートな詩をくれないか」そして渥美さんは電話でわたしに「わたしはあなたの詩は全部よんでいるけど、ビート的なのなんてあるかしら？」それでわたしは「光の雲に包まれた剣」にきめた。すると彼女は「それがビート的？」ときくから「いいや、立川真言だ」というと「ええ？　それなあに？」ときくから、わたしは「それは非合法だ、だから同じようなものさ」といった。というわけで、この詩の哲学はほんとうに左道仏教なのだということを説明しなくてはならなかった、というのはその信仰ではシャカは死の床でこういったそうだ。「自然の要素……現実をつくりあげている要素はそもそもはかない。適当にやりなさい。」

（休憩）

ユズルさんがこの詩を訳したので、読みたいとおもうが、わたしのもっとも初期の詩のひとつで、何年も、何年もまえに書いたもので、わたしがスミス・カレッジへ行こうとしていたときのことだ。スミス・カレッジはマサチューセッツにある女のカレッジで、わたしのガールフレンドがシカゴからそこへ、シカゴ大学から行くことになったので、わたしはいった、「じゃあ、ノーサンプトンであいましょう」ノーサンプトンというのはそのカレッジのある町だ。彼女は「そんなばかな」といった。それでわたしはヒッチハイクしてそこまで行った。だから、彼女がノーサンプトンで汽車をおりたとき、わたしはそこにいた。彼女は二十五でわたしは十六ぐらいだった。

それから次に読む詩はちょっとたっぷり説明しなくてはならないが、おなじ人に捧げて最近書いたものです。これはずいぶんたいへんな長さだが、ユズルさんがせっかく訳してくれたのだから、読むことにしましょう。

ところで、知ってほしいことは、……わたしがこの種の詩をかきはじめたころは、こういったことはぜんぜんされていなかった。T・S・エリオットとエズラ・パウンドとか、そういったひとたちの影響のもとに、一人称代名詞はぜったい使われなかった。それはちょうどあなたがたが日本語から「私」とかそういった形をぜんぶ追放しなければならないようなものだ。個人的な詩は書かないことになっていた。とくに、愛とか、ましてやセックスについては。エズラ・パウンドはかって非常に有名な文句をいった「腹部神経の三本がけいれんして二分もつづかないようなことに対して、なんでこんな大さわぎをするのかわからない。」

はじまりの部分は断片で、これだけしか残っていないのだが、ギリシャの偉大な詩人、女性詩人、サッフォーのものだ。それはリンゴ園を描いているだけのことだが。

この詩は「サッフォーとともに」という題です。

（ざわざわと落ちつかない雰囲気あり）

まだ十分あきまがあるから、みんな入ってすわったら
どうだろう。

　わたしたちはサッフォーとともに

「……つめたき水のほとり
風かようあたりにたちこめる
リンゴ、ふるえる木の葉より
そそぎくる眠け……」

ふたりでよこたわるここ　ハチのうなる　あれはてた
ニューイングランドのくずれおちた農場の果樹園
夏が髪の毛にあり、におい
たかい夏がからみあった体にある
夏がふたりの口にあり、　夏
が　このまぶしい　断片的なことばにある
この死んだギリシャ女の。
よむのをやめて。あおむいて。くちびるを。
あなたのうつくしさは　ねむりのようだ
あなたのうごきは　わたしにうちよせる
ねむりのなかの波のようだ。
あなたの体はわたしの脳ズイにひろがる
鳥でいっぱいの夏のように、
肉体のようにでなく、一個の物のようにでなく、
星雲のように
全世界のすべてのもののうえにただよう。
あおむいてごらん。あなたはうつくしい
そのうつくしさは　ねむりのなかで
あわせられたあなたの手のようだ。

午後になると年をとった。
ここ　この果樹園でわたしたちは
彼女とおなじく古い　あの
とおい海のどこまで彼女の輝く塵がとび
波頭にきらめいたり
アッキ貝をよごしているかしらないが。
ふたりのまわりでは古い農場がひきさがり
夏のさかりのミツでいっぱいの混沌がのこる。

あれらのとおい島々で寺院
はくずれおち、大理石
は野生のミツの色だ。
かつてそこにあった庭は
もはやなにもない、われた
ひずめの跡のあった草原もない。
ただ海草がしがみつく
ジャリ、
くだけた階段、
ただ青と黄
色の海、と崖が
入江のとおくに赤いだけだ。
うえをむいて。
彼女の記憶がわたしたちのくちびるによみがえる。
わたしたちのくちづけは夏の混沌をつらぬいて
胸と腰におちていくよ。

金色の巨大な積雲のドームが
ひそひそと波うつ森のうえにもりあがった。

空気が大地へ押してくる。
雷が山のうえではじまった。
とおく、アデロンダック山脈のうえで、
いなずまがふるえる、あかるい空で
ほとんど見えないが、むらさきが
灰色の、ふくらんだ雲のふかい影にはしる。
きもちよい雷雨の男らしい髪の毛が
ふくらむ地平線をなでていく。
クツとクツシタをぬいでごらん。
すてきなあんよにせっぷんしよう
きついにおいの真夏の花の
もつれたなかにうずまって
きものをとりな。あなたの
夏のミツの肉体をあつい
土におしつけよう、つぶれた、ちくちくする
真夏の草に。あなたの体をしずめてごらん
ミツのように　あつい
夏の粒状の指をとおりぬけて。
やすんで。まって。みちたりた。

キスしてよ　あなたの口で
ぬれて　みだれて　あなたの口は
私の体の味がする。もういちど読んで
からまる音楽のあの言葉を
あれはよそのことばだが、それ自体で芸術だ。
もういちど読んで　あの断片的な　かなしい言葉を
あれはむかしの文法学者が
さらにむかしに死んだことばの
活用や格変化の例文として　救ったのだ。
わたしの体のカーブにそってそっくりかえってごらん
きずついた肩をおしつけてみな
わたしの体のしめった毛に。
もういちどキス。どう、かわいい言語学者よ、
この世界では分離格は不可能だ。
だれもたすけてくれない。
自分自身でたすけるよりほかはない。
風は嵐からそろそろ歩いてくる。
頂上の木がむきをかえる、音が
谷間でする。ここで二人は隔絶している、

ふたりだけだ、そしてここから先
この果樹園は孤立している、
すべての世界から。
なにものをも
この日の孤独に侵入させるな、
これらの言葉、死んだ言語として孤立し、
この果樹園、事実と歴史からかくされ、
これらの影、夏の光にまじりあい、
もろともに世界の交互作用の彼方に隔絶している。
これ以上しゃべらないで。だまって。
たがいにあきるまで
しずけさをやぶらないでおこう。
ゆびを　はがねのように走らせ
たがいの体の黄金の輪郭を彫ろう。
だまって。わたしの顔は
あなたの髪のもつれた夏のなかにしずむ。
ミツバチの音がやんだ。
しずけさが雲のようにおちる。

しずかに。あなたの体を
みたされた夏の
畏敬にみちた沈黙におちるがままに――
ずっと、ずっと、無限のかなた――
くちびるは力がぬける、しずけさとともに。

ごらん。太陽はしずんだ。
こはく色の
ながい光が　裂けた
むかしのリンゴの木にさしている。
わたしたちの体は　ねむりのうちにうごく
ように　たがいにあわせてうごく、
みたされつつ　つかいはたし、
夏が秋にうつるように、
わたしたちも、サッフォーとともに、死にむかう。
わたしのまぶたは眠りにしずむ　あなたの
といた髪のあつい秋のなかで。
あなたの体はわたしのうでてうごく
ねむりのほとりで、
それは　だいているのとおなじだ
鳥でいっぱいの
夏の夕空を。*13

合州国北部では女は男よりずっと活発で、質問するのはぜんぶ女だったりする。しかし南部では昔風の娘さんたちが、昔風の日本の学校の女学生みたいに質問もせずに、ただ座って、にこやかにしている……それで、わたしが南部へ行ったとき、こんな詩を数篇よんだ、この詩じゃないが、似たようなのを読んだ。するとすごくきれいな南部美人がちょうど「風とともに去りぬ」から抜け出してきたような人が立ちあがって、いわゆるテレビの書き割りというのをごぞんじでしょうが、モモの花ざかりとかなんとかが、こう背景にあって、それで彼女がいうのに「ミスター・レクスロス、あなたは室内ではぜんぜんセックスなさらないのでございますか？」
この詩が日本語に訳されたことは特別に光栄におもっています、というのは『プレイボーイ』誌などからわかるように、この詩を訳すことは重大な危険をおかすことになるからです。ずいぶんキスが出てきますし、ごぞんじのように雑誌の読者からの手紙というのはたいてい編集部が書いていて――『プレイボーイ』のデスクはだからずいぶんおもしろがってやっている。そしてこんな手紙をのせたことがある。「わたしは若いGIで、たぶん日本へ行くことになるらしい、R&Rで。いまはベトナムにいます。それで日本の女についての忠告がほしいのです。」とこういう手紙があって、その答えは「日本人はキスをしない。いかなる場合にも日本娘にキスをしようとしてはならない、なぜなら彼女はあなたに平手打ちをくわせ、家からほおり出すだろう。そしていかなる場合にもオーラル・セックスをほのめかしてはならない、その場合には彼女は警察を呼び、あなたは長いこと牢屋にいれられることになるかもしれない。」(笑)

さて、次に二つ詩をよみます。ひとつの詩はギリシャの廃墟にいったときのことで、さっきの詩より何年もあとのことです。それからもうひとつ読もうとする詩は、さっきの詩が捧げられたのとおなじひとに捧げた詩です。これはわたしの『新詩集』にある。しかしこんどはパエストゥムへ行ったときで、これはギリシャの廃墟すべてのうちで一番よく保存されていて、ナポリの南六十キロ海のふちにある。そこには三つの寺院がほとんど完全に保存されている。

その題は……それは長い、長い詩の一部で、それの題は「黄金分割」。こんどはユズルさんには訳をたのんでない。ずいぶん長くてたいへんだから。というわけで今度は英語の読める、英語のわかるひとたちだけに聞いてもらおう。その題は「黄金分割」で、ギリシャ美術のかなり多くはこの比率にもとづいている。今はそれには立ち入らないでおこう。

パエストゥムは二度ひらく
バラの花、海神の蜜
の色の石はいまだに強く
ひとの長い衰退のおろかさ
に耐えている。カタツムリがドリア風
の線をのぼり、空っぽの殻
が野性のシクラメンのそばにころがる。

ローマ人の道の砂岩
は太陽のしわが刻まれ
有史前の海岸をかたる、
しかし　それはぜんぜん
深い絶えまない
空間のメロディに触れたことがないが
柱のスイングが動く目にはわかる。海
の呼吸はねむたげな女のよう。
太陽は　ねむたげな手のように動く。
ポセイドンの柱は
海と太陽のすべての気分に耐えた。
これが天球の秩序だ、
ほどけゆくシダの曲線、
と　海中の紫の貝。
これらが　あらゆる種類の音楽の
音符の空間なのだ。
世界は数でできており
愛により秩序の中をうごく。
人類はこの点まで到り

あとはとおざかるのみ
われわれはただもとへとたどり
イタリアにきた、フランスをとおり、つねに
この場所を軸にしてきた生命にいたった。

とうとう　まばらな観光客も去る
ドイツの写真家、
神学生の群れ、
われわれだけになった。われわれは
内陣前の入口の間で海にむかって食べる。
ギリシャ食、ちいさな白パン、スモーク・チーズ、
イカのピクルス、黒イチジク、とハチミツ
とオリーブ油、ごくあたりまえに
ナポリでは、いまでも、食べるひとは、食べている。
古代のイヌ、オデッセウスのイヌ、
イヌの各種より以前に生じていたイヌ
が　あらわれ、ねだり、たべて、消えた――
おおっぴらな
神の代理人。われわれもまた

白ワインでねむくなり、皮袋がはなせない。
青と金の矢が　いねむりの目のまえに
織りなしている。海は
太陽をいれる気十分。われわれは
内陣に入り、空にあけはなし
交わりをする、かってはここで海の男神
と海の女神が、精液にぬれ、
香たきこめた暗闇のなかでつがった、
ちょうど歌うバラのように

霧は日没とともに来る。(ヤンキーが
蚊をころした。)ながい列をなして
こげ茶色の野牛、背中はひとつの
さざなみの一致、ちょうど
クリシュナの絵のように、ならんで横切る
まぶしい緑の海の牧場、
白い霧の旗の下で。
小休止するスパルタクスの
火が丘々に点滅する。

われわれの汽車は一番星とともに来る。
金星がワインの暗さの海の上にある。

帰り道つぎつぎに列車は満たし
満たし、また満たす
魚カンヅメ工場からの少女たち
レース工場からの少女たち
はたけからの少女たち、彼女らは
十二時間ただではたらいている、
二、三ペニーもらえばましな方だ。
彼女らは笑い歌い、ずっと
ナポリまで行く、胸の広い
腰の深い天使のように、汗でぬれている。[*14]

そしてこんどは次の詩はちょっと説明がいる。まず第一にスティーブン・フォスターの“I Dream of Jeannie with the Light Brown Hair.”という歌がある。それから別のところで出てくるのはシェークスピアの同時代人で、医者で、リュート弾きで、ユズルさんみたいだが、じっさいにいくつかの歌をかいた、トマス・キャンピョンというひとがいる。そしてわたしが言及している歌は、自分の女にこういっている、あなたが死んで地獄へつけばみんながあなたのことを知っているだろう、なぜならわたしがあなたのことを詩に書いて有名にしたから。というのは“A new arrived guest, With blithe Helen, white Iope and the rest——”「陽気なヘレン、白いイオペたちとともに新来の客」というところだ。それから、こんどは、ウォルター・サベジ・ランドーというキーツと同時代のひとの詩が出てくる。この詩のなかで詩人は彼の恋人のいいなづけについて、彼女が死者の河を渡してもらうときに、地獄の渡し守りのカロンは、自分が年よりであることを忘れ、彼女が亡霊で、影でしかないことを忘れるだろう、といっている。そして、これもまた、英語のわかるひとだけに聞いてもらう。これは、さいしょによんだ詩が捧げられた女のひとに捧げる。そのとき彼女は二十六で、この詩は……こんどの詩は一年前に書いた。その題は「夢にみるレスリー」

わたしの夢にはいった　あなた
大きな
光る　目
と　ライト・ブラウン・ヘア
五十年をこえて
また　あの歌をうたいにきた
あんなに好きだったキャンピョンの歌を。
あなたのふるえるのどにキスした。
夢では　ぜんぜん
あなたが　ずっと　ずっと前に　すでに
新来の客であり
陽気なヘレン、白いイオペなどといっしょなのだと
　いう気はしなかった——
ただ　あの
午後おそくの　平和
な　慈悲ぶかい秋の
青春の日。
わたしは忘れていた
わたしは年老いて　あなたは影にすぎないことを。[*15]

ユズル　どうもありがとうございました。

ケネス　ありがとう。

NOTES

＊1 "Privacy," from *New Poems* (1974).

＊2 "Hapax," from *New Poems*.

＊3 "Late half moon," from *New Poems*.

＊4 "Your Birthday in the California Mountains," from *New Poems*.

＊5 "Past midnight," from *New Poems*.

＊6 "It is the time when," from *New Poems*.

＊7 "I cannot forget," from *New Poems*.

＊8 "Falling Leaves and Early Snow," from *In What Hour?* (1940).

＊9 "Another Spring," from *The Phoenix and the Tortoise* (1944).

＊10 "Leopardi: L'Infinito," from *The Signature of All Things* (1949).

＊11 From *One Hundred More Poems from the Japanese* (1974).

＊12 "A Sword in a Cloud of Light," from *In Defense of the Earth* (1956).

＊13 "When We with Sappho," from *The Phoenix and the Tortoise*.

＊14 "Golden Section," from *The Dragon and the Unicorn* (1952).

＊15 "I Dream of Leslie," from *New Poems*.

テープおこしを山下佳代さん、チェックをレベッカ・ジェニソンさんにおねがいしました。ここにしるして感謝します。

（かたぎり・ゆずる）

〈収録されている詩〉

「プライバシー」

「ただいちどしかつかわれないことば」

「夜半の半月」

「カリフォルニア山中であなたの誕生日」

「真夜中すぎ」——『空、海、鳥、木、大地、家、動物、花』から

「いまは雁がかえるときだ」——『摩利支子の愛の歌』から

「わすられぬ」——『摩利支子の愛の歌』から

「枯葉と初雪」
「もうひとつの春」――『不死鳥と亀』から
レオパルディ「無限」
正岡子規の川柳英訳
「光の雲に包まれた剣」
「わたしたちはサッフォーとともに」
「黄金分割」
「夢にみるレスリー」

（「木野評論」十四号、一九八三年）

散文

（青木映子訳）

私はここにいる

　そんなわけで、今私はここにいる。子供だった頃は前の戦争[1]が始まる前で、父には多大な尊敬を寄せていた友人がいて、幼い私はその人物を前に畏敬の念に打たれていた——批評家のJ・G・ハネカー[2]だ。ハネカーは単に批評家というだけでなく、ジャーナリストでもあった。ショパンを弾くド・パハマン[3]について書けば、ピアノの旋律が聴こえてきたし、実際ニュースを嗅ぎつける、確かな鼻を持っていた。言い換えると趣味が良かった。モダンアートの最初の展覧会をやり始めた一九〇八年、キュービズムは絵画の歴史を変えると予言し、未来派は自己欺瞞の偽物に過ぎず、ただの流行に終わるだろうと一刀両断した。彼は天使の如くバッハを奏でる一方で、シェーンベルクやストラヴィンスキーといった現代音楽の走りも歓迎した。

　ハネカーは真のジャーナリストならではの軽妙なユーモアの持ち主だった。欧州のビールを取り上げ、ワイン通を気取った連中をドライにこき下ろしつつ、実に魅力的なガイドを書いてみせた。知識人に見いだされるずっと以前、もっと言えば、サルトルやアメリカのハイブラウな季刊誌の編集者たちが生まれるより前に、オランダの悩める哲学者キルケゴールについて書いたのもハネカーだった。一九〇〇年代、誰も何も知らないはずの時代に、ハネカーはこれらすべてを新聞に書いた。私は青春時代にハネカーの著書をすべて読み、彼の考え方をまね、彼と同じ道を歩む決心をした。

　そこで私は昔のシカゴ・ヘラルド・エグザミナー[4]に職を得た。ブロードウェイ戯曲『フロントページ』[5]で永遠に不滅となった、狂騒の時代の話だ。一九二〇年代のシカゴ新聞業にしばし身を置いた後、この仕事は決して気楽な稼業じゃないと分かった。父は大酒飲みがたたって死に、気がつけば自分もいつしかハネカーの歩んだ道を外れ、父と同じ運命を追いかけていた。時は流れ、私は平穏な生活を送っていた。もしこの業界に踏みとどまって生き残っていたら、今ごろハネカーのように定期的に記事の依頼がもらえたかもしれない、そんな時だ、「こちらはエグザミナー[*6]です」という電話がかかってきたのは。どれだけ多くの時間を省けたことか。四十年間気楽に生きてきた。道は自ずと開けるものだ。

　このコラム、何について書こうか。まあ、興味を引いたことをなんでも書けばいい。ひとつ確かなのは、私は怒れる新聞記者になるつもりはないということだ。自分がやや洗練された知的な生活を送っていると思うし、その生活を楽しみ、それがどんな感じなのか記事にするのが好きだ。たぶんたまには大きな事件も起こって、私もいわゆる「恐れを知らぬ」記者になれるかもしれない。がそんなことは別に知らなくても良い。知的であることの特徴のひとつは、自分がいつ勇気を奮っているのかすら気づかないことだ。

　ある週のコラムはたぶん本について書く。次の週は展覧会かあるいはその中から絵を一点だけ取り上げる。他の週にはジャズを書いて、別の週には美味しい料理について書こう。ルネッサンス期の声楽リサイタルでも良い。

　ロッククライミングもスキー登山も好きだし、フライフィッシングも好きだから、それらについて書いても良いだろう。政治・経済の時事ネタも書くが、俗なジャーナリストとして意見を言うなら、どんな話題も「くい」に掛からなくてはならない。大衆に語りかける時は、いかに崇高であっても抽象的なたわ言ではなく、もっと具体的な話をすべきだ。くいにも引っ掛からないような実のない話は記事にもならない。この点において、大衆はおおかたの記者より賢く、多くの思想家よりもずっと頭が良い。

　どんな話でも書くと言うと、私に宣伝記事を書いてもらうことなど朝飯前だと思うだろう。でも勘違いしないで欲しい。この業界に身を置く者として言うが、私は広告マンが大嫌いだ。だから私のところにネタを持って来ても無駄だ。一日散に逃げ出すだろう。わいろほどメディアの醜態をさらすものはないのは周知の事実だ。だから安心して欲しい、私が美味しいワインやディナーについて書く時はおごりや接待では決してない。もっとも、そこまで高潔でもないので、友人のためなら少しは宣伝もするが、しかし書くのは誠実な宣伝だけだ。

今週は友人たちのために何か書く用意があったのだが。なんてこった、世の中同様、ジャズの世界でもよく起こることだが、うまく行かないどころか行き詰まってしまった。私はアマ評論家よろしく音楽スタジオに出向いて、ファンタジー・レコード[*7]が手掛けるデイヴ・ブルーベック[*8]のレコーディングに顔を出した。全曲ビル・スミス[*9]の作曲で、デズモンド[*10]のサックスの代わりにビルのクラリネットが加わった。それでどうなったかって？　みんな困り果ててしまった。ウェイス兄弟[*11]は、エイボン・コメディー・フォー[*12]のドタバタ喜劇さながらに走り回っては、しきりにミキサーの調節をいじっていたし、ミュージシャン達は険しい表情になって、お互いに場違いの可笑しな慇懃さで話していた。「よろしいでしょうか、ミスター・ブルーベック……」みんな疲れていた。彼らは簡単な曲目だけ演奏して、難しいのは別の日にまわすことにした。もしかしたら、これは後々すごいレコードになるかもしれないが、私にはこれ以上話すことがない。そんなわけで、連載第一回目は思いつくままに書いてみた。

サンフランシスコは、パーソナルジャーナリズムや不定期エッセイ、私的なコラムが育まれる健全な環境に恵まれていて、ブレット・ハート[*13]、アンブローズ・ビアス[*14]、フリモント・オールダー[*15]、ジョン・D・バリー[*16]といった名コラムニストを輩出してきた。これは素晴らしい伝統だ。今日、紙面はコラムニストで溢れているが、優秀、そこそこ、最低、どうでもいいものまで質はピンキリだ。サンフランシスコのコラムニストは今も昔も決して扇情的ではなかった。最もゴシップ寄りの記事でさえ、米国の他の地域ほど不愉快極まりないゴシップであることは決してなかった。彼らの多くが行間から知識や知性が読み取れる記事を提供してきた。

前に述べたようにこれは素晴らしい伝統で、この世界に関われることを誇りに思う。とにかくハネカーよ、私はここにいるぞ！

訳注

＊1　第一次世界大戦のことだと思われるが、アメリカは常にどこかと戦争をしているという皮肉を込めている。

＊2　James Gibbons Huneker（一八五七 - 一九二一）は

アメリカのエッセイスト、音楽評論家。

＊3 Vladimir de Pachmann（一八四八‐一九三三）はウクライナ生まれ、欧州やアメリカで活躍したピアニスト。

＊4 *Chicago Herald and Examiner* はイリノイ州シカゴで一九一八‐三九年まで発行していた新聞。

＊5 一九二八年初演の舞台劇。一九二〇年代のシカゴが舞台。腐敗政治が蔓延する大都市で特ダネを狙うタブロイド紙記者たちの騒動を描いた作品。

＊6 *The San Francisco Examiner* はカリフォルニア州サンフランシスコで発行されている日刊紙。「新聞王」ウィリアム・ランドルフ・ハースト（一八六三‐一九五一）が所有したことで知られる。マーク・トウェインやジャック・ロンドンといった著名な執筆陣を擁した。

＊7 一九四九年にマックスとソル・ウェイスの兄弟によってサンフランシスコに創設されたジャズ・レコード・レーベル。デイヴ・ブルーベックをはじめ多くのジャズミュージシャンと契約。レクスロスとローレンス・ファーリンゲティがジャズの生演奏に合わせ詩を朗読した"Poetry Readings in the Cellar with the Cellar Jazz Quintet"（一九五七）のレコード盤が出ている。

＊8 Dave Brubeck（一九二〇‐二〇一二）は、カリフォルニア州出身のジャズ・ピアニスト。アルト・サックス奏者のポール・デズモンド作曲の Take Five が代表作。

＊9 Bill Smith（一九二六‐）はクラリネット奏者で、ポール・デズモンドに代わって、デイヴ・ブルーベック・カルテット名義で計三枚のアルバムを出している。

＊10 ＊8、＊9を参照。

＊11 ＊7を参照。

＊12 一九〇二年に Joe Smith と Charlie Dale のお笑いコンビに Irving Kaufman と Harry Godwin が加わった四人組の寄席芸人。

＊13 Bret Harte（一八三六‐一九〇二）は、アメリカの作家、詩人、ジャーナリスト。カリフォルニアでジャーナリストとして活躍。

＊14 Ambrose Gwinnett Bierce（一八四二‐一九一四頃）は、アメリカの作家、ジャーナリスト、コラムニスト。*The San Francisco Examiner* 初期の連載コラムニストの一人として活躍。

＊15 Fremont Older（一八五六‐一九三五）は、新聞記者・編集者としてサンフランシスコで五十年近く活躍。

＊16 John Daniel Barry（一八六六‐一九四二）は、アメリカの作家、コラムニスト。

（「サンフランシスコ・エグザミナー」紙、一九六〇年一月三十一日）

歌舞伎座

今週、日本から歌舞伎座が公演にやって来るので家族総出で観に行く。二人の娘は東洋の演劇に傾倒していて、家族みんなでチャイナタウンの舞台はすべて行くし、日本や中国の映画も鑑賞する。少なくとも古き良き演劇の伝統的手法を再現しているものなら観に行く。子供たちにとってはサーカスも含め、これほど面白いものはないだろう。

上の娘は四歳の時、着物を着て、刀を構えて「橋弁慶」を演じるのが好きだった。映画でたった一回観ただけの能舞台だ。今週の歌舞伎公演では夜の部で「忠臣蔵」のエピソードをいくつか披露する。テレビの西部劇にしか興味のない少年ですらこの話には魅了されるに違いない。

本当に一流の一座が日本を離れることはめったにない。三十年くらい前、剣戟座*1がここサンフランシスコで数週間公演した。現在のマリーンズ・メモリアル・シアターで主に日本の観衆向けに上演された。万博*2でも歌舞伎座があった。数年前には一般受けを狙って女性役者を起用した歌舞伎の世界巡業があった。サンフランシスコにも来て、観客が詰めかけ熱気に満ちた芝居小屋で公演した。

その一方で、日本では一座と花形役者の少女が日本の代表としてふさわしくないと激しく非難された。確かに正統な歌舞伎ではなかったが、一座はよくやっていたし、我々一家も楽しんでいたので家族で毎晩通い詰めた。今週のは正真正銘の本物だ、この世に残された最も美しく、最も深く人の心を打つ演劇様式なのだ。

この「子供が楽しめる」類いが良い演劇批評になり得るか。もちろんだとも。歴史に残る偉大な劇というのは、普遍的で個性豊かな人間たちが描かれていて、比較的単純な状況下で、誰もがどこでも遭遇しそうな分かりやすい苦境に陥る。確かに主人公やヒロイン、悪役は、単純な状況を複雑でややこしくするかもしれない。しかしこの複雑さは、人生と同様に、明確で分かりやすい筋書きの深いところに根ざしている。

演劇には心理的、道徳的な奥深さがなくてはならないが、人として深みのある観客によってのみ、その深さは見いだされる。しかしこの特質を表面に書き込むわけにはいかない。話の整合性が損なわれてしまう。話の表面的な意味は、愚者以外なら誰にでもすぐに理解できる内容でなくてはならない。要するに子供ですら最も単純なレベルで理解できるのが演劇の定義ではないだろうか。

シェイクスピアの劇がサンフランシスコで上演される時は、どんな素人芝居であろうと、必ず娘たちを連れて行く。劇の途中で娘たちが話の筋についていけない素振りを見せたことはない。もちろん子供なりの理解力だが、話の展開についていき、ジョークを面白がり、悲しみや死の場面にも夢中で見入っていた。批評家や心理学者たちが今後何百年にも渡り論争するに違いない、人間の深層心理の不可解なもつれを、娘たちは芝居の表層の背後に見ただろう。このようにして偉大な演劇とは教訓的だと言える。我々は一度でも痛い目に遭うと、苦い薬は砂糖の衣に包みたくなるが、劇の中では良薬は口に甘し、なのだ。

だからといって、偉大な劇が現実離れしているわけではない。むしろ人生そのものだ。健全な題材や社会によくある状況を取り上げてはいないが、ギリシャ悲劇に出てくるオレステス[*3]やオイディプス[*4]のお家騒動を理解する子供、あるいは愚直な大人を、誰が否定できようか。

一方で、分かりやすさ自体は大したことではない。単純さは鉛筆の先のとがった芯のようなものだ。単純な筋書きは表面に見えるほんの一部で、その裏では、もがき苦しむ人間の感情が作り上げた複雑な機械仕掛けの装置が横たわっているのだ。ちょうど良い例が二つある。たまたまどちらも東洋が舞台になっている。「スージー・ウォンの世界」[*5]は売春婦を魅力的に描いているから下品で取るに足らない劇だとは言えない。しかし、人生を歪め、人間の動機を単純明確な形ではなく、馬鹿げた型に貶めているところが非道徳的だ。

主役を演じていたのは、私が今までの人生で見た中で最も美しく才能ある若い女優の一人だった。それは果たして「良質の演劇」だと言えるだろうか。そうは思わない。もし感動しやすいタイプなら劇を楽しめるだろうが、観終わった後で騙された気分になるだろう。「冬物語」や「ウィンザーの陽気な女房たち」を観て騙された気分にはならない。ちなみに、どちらも金儲けしたいだけの理由で書かれたわけだが。

日本の歌舞伎や能についても同じことが言える。非カトリック教徒が、聖霊降臨[*6]の祝祭日に大聖堂で捧げられる荘厳ミサ[*7]に迷い込んだような気分になるかもしれない。すべてが理解し難い言語によって執り行われる。すべての動作に神秘的な音楽と風変わりな節の詠唱が伴う。役者たちは確たる理由もなしに動き回るが、ひとつひとつの動作がまるでとてつもなく重要であるかのように振る舞う。朱や金色の絢爛豪華な衣装を身にまとい、役者たちはお互いに最も複雑で凝った礼儀作法で接する。

「こんなのすべて意味のない儀式だ」と思うかもしれない。すると突然、どういうわけかすべてが腑に落ち、魅惑的な幻想に捕らわれ、その魔力に恍惚となる。そして次第に、儀式そのものを介して、この伝統芸能が人生の最も重要な問題を、最も崇高な言葉で表現していることに気がつくのだ。

品格に欠ける劇は現実的であろうと装う。シェイクスピアやギリシャ悲劇、歌舞伎はどれをとっても素晴らしい幻想である。歌舞伎はクラシックバレエよりもさらに形式的で、天にも地にも未だかつて「本当のこと」など何もないような気にさせられるが、観終わった後で騙された感じはしない。むしろ、しばらくの間どこか別の惑星で生きていた気分になる。そこでは我々が送っているありきたりの生活が、美しく明瞭かつ儀礼的な優雅さでもって、崇高な言葉で語り直されるのだ。

訳注

＊1　一九二〇年代前半（大正末期）に剣戟一座を率いて渡米、西海岸を中心に巡業していた遠山満のことか。

＊2　ゴールデン・ゲート万博（一九三九‐四〇）のことか。

＊3　古代ギリシャ悲劇詩人アイスキュロス作「オレステイア」（悲劇三部作）の登場人物。姉エレクトラと共に、父を暗殺した母とその情夫を殺害し復讐を遂げる。

＊4　古代ギリシャ悲劇詩人ソポクレス作「オイディプス王」の登場人物。父王を殺害し、実母を娶ったため、エデ

ィプス・コンプレックスの語源になった。
＊5　リチャード・メイソンの小説（一九五七）を一九五八年にブロードウェイでミュージカル化。香港を舞台に、カナダ人画家が中国人娼婦スージー・ウォン（フランス・ニュイエン）に出会い恋に落ちる。一九六〇年にはナンシー・クワン主演で映画化された。
＊6　キリスト教の祭日。復活祭後五十日目の日曜日。
＊7　カトリック教会で司祭が助祭・副助祭を伴い合唱付きで行う。基本的にラテン語で執り行われる。

（「サンフランシスコ・エグザミナー」紙、一九六〇年七月十日）

ブラック・ムスリム

かつて植民地帝国の支配下にあった新興国の問題に関する議論、あるいはアメリカ黒人についての話や地味なニュースに、なぜ私がこれほどスペースを割くのかと疑問に思う人もいるだろう。答えはいたって簡単だ。これが今や最も重要なニュースだからだ。

誰もニューヨーク・タイムズが扇情的で編集に偏りがあると非難することはできないだろう。三月十二日の日曜版[*1]では、ニュース・セクションの約六割がアフリカ、東南アジア、アメリカ黒人の話題に充てられていた。マガジン・セクション全体でもこれらの話題に特化していた。

最も注目すべきはジェイムズ・ボールドウィン[*2]の特集記事で、その中で彼は国連に対する抗議デモ[*3]に参加する予定だったが、スケジュール帳の日付を間違えたと書いている。ここ数ヶ月、ジェイムズ・ボールドウィンはハーパーズ・マガジン[*4]や他の雑誌で、最も黒人急進派寄りで明確な主張を打ち出す、彼の人種の代弁者のひとりとして突如頭角を現してきた。

教養があって、知的職業階級に属する黒人を、今でこそ数多く知っているが、ジェイムズ・ボールドウィンは、彼らからずいぶんお高くとまっていると見られている。白人に迎合するアンクル・トム[*5]とまでは言わないが、名門大学出のエリートを気取るブッカー・T・ワシントン[*6]といったところか。もちろんそんなことはないのだが、作家として成功し、白人の世界でも社会的成功を収めたボールドウィンの、あか抜けて洗練された振る舞いが、黒人エリート層からきな臭く思われている。

白人社会にうまく順応して「同化した」黒人、もしそんな黒人がいるとして、ボールドウィンがつい最近まで急進派の中心人物だったマーティン・ルーサー・キング牧師を、妥協ではないにせよ、少なくとも白人に歩み寄ることで妥協の罠に陥る危険を冒している、と批判するのは極めて興味深い。

今日、声高に意見を主張する人々は異端者ではない。ハリー・ベラフォンテ[*7]やジョン・ルイス[*8]、ジェイムズ・ボールドウィンといった黒人たちは、白人社会のアメリカからありとあらゆる恩恵を受けている。正確には、アメリカ南部の保守的な地域以外なら、どの一流ホテルにも宿泊でき、高級レストランで食事することも、選り好みさえしなければ、他の人種の相手とも反対意見も最小限に結婚できる人々を指しているが、その彼らが「白黒はっきり決着をつける時が来たら、ヤワな穏健派よりも過激派につく。イライジャ・ムハンマド[*9]に反対するより、むしろ味方だ」と言う。全く同感、私もだ。

何世紀にも渡る非人間的な扱いを通じて、アメリカ黒人が育んできた敵意の度合いを、アメリカ白人は知る由もない。そして、黒人は皆、無知で「社会不適合」では決してない。

残された時間は少ないどころか、時すでに遅し[*10]。イライジャ・ムハンマドが指揮を執るネーション・オブ・イスラム[*11]のスポークスマンであるマルコムX[*12]でさえ、アメリカ国内でも人種差別が他の地域に比べ穏やかなネブラスカ出身だということを忘れないで欲しい。

かつて共産主義者が「社会不適合者」と呼んだように、「黒人至上主義」を認めないのは馬鹿げている。社会不適合でない黒人なんてアメリカにいるものか。

最も正常な白人が、突然肌が黒くなったとして、最も同化したアメリカ黒人であることの弊害を被ったなら、すぐに神経がやられてノイローゼになるに違いない。

ジャズ歌手のレナ・ホーン*13から、私に郵便を届ける配達人まで、ほとんどすべての黒人たちは、ありとあらゆる障害を乗り越え、社会、すなわち白人社会に重要な貢献をしている。この事実より他に、黒人という人種の勇気と知性を示すものはない。

ニューヨークには現在十ほどの「過激派」グループが、アフリカ民族主義、もしくは「黒人至上主義」として活動している。土日の夜に街頭演説を行う彼らは強烈な印象を与えるが、実際メンバーはほんの一握りで、少ないところで二十五人から五十人、最も多くても二百人だ。

今、市民の注目を集めているグループは、現在入信者が殺到中のイライジャ・ムハンマド率いる「ネーション・オブ・イスラム」、またの名をブラック・ムスリムと呼ばれる組織だ。組織の広報は「アメリカ国内の信者二十五万人」と発表しているが、情報筋によると、実際の人数は五万人ほどだと見ている。しかし、ブラック・ムスリムは急速に勢力を拡大している。ここサンフランシスコのフィルモア・ストリートにも毎週ラム革の帽子と赤茶色のシャツが増えてきた。

まず大事なのは、彼らは伝統的なイスラム教とは違うということだ。本家イスラム教もハーレムに小さな布教本部があって、信者は全国各地に散らばっているが、本家はネーション・オブ・イスラムとの関係を一切否定している。

ネーション・オブ・イスラムの中に共産主義者が数人紛れ込んで、用心深く漁夫の利を得ているのは疑いの余地がない。しかし組織自体は強力に反共産主義を打ち出している。彼らの宣伝活動は、かつて共産党は黒人を利用して裏切った*14という、アメリカ黒人の間で浸透している考え方を繰り返し主張している。

ブラック・ムスリムは脅威となり得るか。アメリカ黒人を無意味な暴力へと導き、実現不可能な要求のために闘って、黒人たちの攻撃性を無駄に発散させるだけだろうか。

そうは思わない。南部に独立した黒人だけの州が誕生するとも思えない。しかし正直な話、ミシシッピー[15]ならただでくれてやってもいい。

ブラック・ムスリムは国連の集会での暴力を公式に否定している。彼らは入信者に飲酒、喫煙など「不品行な」生活を禁じている。実際、ハーレムはもちろん、白人中流階級が多いフォートダッジ[16]の基準から見ても、ブラック・ムスリムは本家イスラム教同様、かなり禁欲的だ。

私は反禁欲主義的だが、ハーレムのことはよく知っている。地獄の吹き溜まりみたいな場所で発生した敵意が、赤シャツや、質素な身なり、絶対禁酒主義によって明るみに出る方が、高校のヘロインやジャックナイフのけんか騒ぎよりマシだろう。

この運動はいわば良性疾患みたいなもので、いずれ自然治癒する。ひと昔前のマーカス・ガーベイ[17]の失敗が示しているのは、アメリカ黒人はアフリカ人はおろか、イスラム教徒にもなりたくはないということだ。黒人はアメリカ人になりたいのだ。ストイフェサント家[18]やフェアファックス家[19]、カボット家[20]といった一族によってこの国に連れてこられた黒人たちは、彼ら白人一族と同じ地位が欲しいだけ[21]なのだ。

訳注

＊1　米国紙の日曜版は、ニュース・セクションがニュース、社説、解説などを扱うのに対して、マガジン・セクションは文化、娯楽、イベント情報などを扱い、通例タブロイドサイズの別刷になっている。

＊2　James Arthur Baldwin（一九二四 - 八七）は、アメリカの小説家、著作家、劇作家、詩人、随筆家および公民権運動家。

＊3　コンゴ民主共和国で起きたルムンバ首相 Patrice Emery Lumumba（一九二五 - 六一）の暗殺で、コンゴ動乱（一九六〇 - 六五）沈静化に消極的だった国連の対応に避難が集中。アメリカ国内では黒人組織が中心となりニューヨークの国連本部前で抗議デモが行われた。

＊4　*Harper's Magazine* は、アメリカの総合月刊誌。

＊5　ハリエット・ビーチャー・ストウ著『アンクル・ト

ムの小屋』（一八五二）の小説。初老の黒人奴隷トムの悲惨な生涯を描き、奴隷制度廃止の機運を高めた。黒人の間でアンクル・トムといえば「白人に媚を売る黒人」「卑屈で白人に従順な黒人」と軽蔑的な意味で使われる。

＊6　Booker Taliaferro Washington（一八五六 - 一九一五）は、アメリカの教育者、作家。母親とともに奴隷制から解放後、ヴァージニア東部の教員養成学校で学ぶ。白人と協力し、教育機関の設立・運営に尽力、アフリカ系アメリカ人の間で人気のあるスポークスマンとして活動した。

＊7　Harry Belafonte（一九二七 - ）は、アメリカの歌手、俳優、社会活動家。一九五六年に「バナナ・ボート」が世界的大ヒット曲になる。

＊8　John Robert Lewis（一九四〇 - ）は、公民権運動活動家で、ジョージア州選出の民主党下院議員。

＊9　Elijah Muhammad（一八九七 - 一九七五）は、ネーション・オブ・イスラム指導者。

＊10　長いあいだ黒人を迫害してきた白人が、今さら人種間の平和的融合を望むには遅すぎる、という意味。

＊11　Nation of Islam は、アメリカ合衆国におけるアフリカ系アメリカ人のイスラム運動組織。イスラム教から派生した新宗教。黒人の経済的自立を目指す社会運動であり、白人社会への同化を拒否し、黒人の民族的優越を説く宗教運動でもある。

＊12　Malcolm X（一九二五 - 六五）は、アメリカの黒人公民権運動家。非暴力を訴えるキング牧師と違い、アメリカで最も攻撃的な黒人解放指導者。

＊13　Lena Horne（一九一七 - 二〇一〇）は、アメリカのジャズ歌手。

＊14　一九二九年に始まった大恐慌で、アメリカ資本主義の神話は崩壊。社会的最下位層にいた黒人を不況が直撃した。失業者組織化、黒人の人権擁護など差別のないユートピア的思想を戦略として掲げる共産党は、一九三〇年代に黒人の支持を集め、入党者が急増。しかし実際は政治的に黒人票を利用しただけで、社会的地位や経済面で改善も見られず、四〇年代に党に幻滅した多くの黒人が離党した。

＊15　ミシシッピー州（Mississippi）は現在もアメリカで最も保守的な州。白人保守派や白人至上主義者が幅を利かせている「保守的な南部」の代名詞とも言える州。

＊16　Fort Dodge はアイオワ州ウェブスター郡に位置する都市。アメリカの白人中流階級が多く住む地域。

＊17　Marcus Mosiah Garvey, Jr.（一八八七 - 一九四〇）は、ジャマイカの黒人民族主義指導者。北米地域において黒人の権利を主張した先駆者で、後のネーション・オブ・イスラムなどの宗教・思想運動や、公民権運動にも影響を

与えた。黒人はアフリカを故国にして、黒人だけの社会を建設すべきと主張し、米国内の黒人知識層から非難された。

＊18　ニューアムステルダム（オランダ植民地時代のニューヨーク）一帯の大地主一族。

＊19　著名な政治家・大地主の家系。イギリス領植民地時代のヴァージニアに第六代トマス・フェアファックス卿が領主として定住したのが始まり。

＊20　「ボストン・ブラーミン」と呼ばれる名家。ジョン・カボットは一七〇〇年頃にイギリスからマサチューセッツに移住、息子のジョセフ・カボットと共に、商船で麻薬・酒・奴隷を売買し巨万の富を築き上げた。

＊21　ここでは中流階級を通り越して白人上流階級を得たいと高望みする黒人を少々皮肉っている。

（「サンフランシスコ・エグザミナー」紙、一九六一年三月二十六日）

都市崩壊

アメリカを横断してニューヨークに行くのにちょうど四時間[*1]。そして、フランク・ロイド・ライト[*2]の有名な言葉に、ニューヨークではタクシーに乗るより、車の屋根づたいに這って行く方が目的地に早く着く、というのがある。

アメリカで最も洞察力鋭い社会評論家のひとり、私の旧友ポール・グッドマン[*3]は、夜間および日曜、祝祭日を除いて、すべての自家用車のマンハッタン島への乗り入れを禁止すべきだと提案している。

これは絵空事の提案ではない。近いうちに実現するのはほぼ確実だ。それでもこの恐ろしく非効率な街に生活する問題の、ほんの小さな一部分だけは解決するだろう。

分裂化、過密化、無秩序、衰退——ニューヨークは進化の過程で生物学上の使命を全うした大型恐竜みたいだ。生物学者が種について語るように、過度の細分化、増殖、巨大化を経て、生命体は自らを貪り尽くして絶滅に至る。

この滅亡のスペクタクルに我々は救いを見いだせない。ニューヨークは同種内のひとつに過ぎず、また最も荒廃した都市でもない。そしてその絶滅危惧種の中には当然サンフランシスコも含まれる。我々の税金から年間ひとり当たり一万二千から二万ドルで雇われている技師たちは、地域社会をより住みやすくするために数ヶ月毎に新たな計画を立てるが、これがますます致命的だ。

アメリカに限った問題でもない。パリはスモッグや、騒音、車の大渋滞で、まるで悪夢だ。日曜日に車でロンドンを横断しようものなら丸一日がかり。最悪なのは、ロバや歩行者のために設計された、フィレンツェのような街だ。

かといって、特に自動車を何とかすればよいという問題でもない。問題は他にあって、要するに、人類が社会的動物として効率よく生きることに、完全に失敗しつつあるということだ。

すべて同じ問題だ。問題を解決したくて我々が雇った、まさにその専門家たちが、ゴールデン・ゲート・パーク[*4]を高速道路にして、余った土地は駐車場にしようと提案する。ベビーカーの多い街で、アメリカ家庭の聖域ともいえるサンセット地区[*5]だが、成人住民の二割は夫が長期不在の妻たちだ。たまの週末以外は幼い子供たちと家に残されている。食料庫で見つけた百メガトンのマッチ[*6]で遊ぶのを止めるわけにはいかないし、ロサンゼルスでは国連の旗[*7]を揚げた小学校に激怒した母親たちが暴動を起こし、南部の「保安官」は黒人の牧師やニューヨークから来た報道写真家たちを無差別に、そして嬉々として殴打する。

どんどん規模を拡大し、徐々に毒性が強まる疫病が世界中を席巻しているのは間違いない。理不尽な敵意という疫病だ。人々は単純に仲良くするのを止めてしまった。たぶん、これはすべて化学的な作用で、目に見えない微細な星雲が立ちこめて、我々の新陳代謝を変えてしまったのだろう。

おそらく、しかし確実なのは、大衆の不満や、その結果一般化された敵意は、我々の物理的環境をみすみす混沌に陥れている。

そして、決して忘れないで欲しいのは、我々はもう後戻りできないところに来ている。子供の頃しかめっ面をしてると、おばあちゃんによく注意されたように、本当にそんなひどい顔のまま凍りついてしまう日が来るのも近いだろう。

訳注

＊1　アメリカ西海岸からニューヨークまでの飛行時間は通常五、六時間。

＊2　Frank Lloyd Wright（一八六七 - 一九五九）は、アメリカの建築家。

＊3　Paul Goodman（一九一一 - 七二）は、アメリカの小説家、劇作家、詩人だが、社会批評家として最もよく知られている。アナーキスト、知識人としても人気が高かった。ここでは彼のエッセイ"Banning Cars from Manhattan"（一九六一）を題材にしている。

＊4　カリフォルニア州サンフランシスコにある都市公園。遠目に見えるゴールデン・ゲート・ブリッジも格別の眺め。

＊5　ゴールデン・ゲート・パークの南に位置する地区。アジア系住民が多く、中流階級の居住地。

＊6　一九五〇年代にアメリカとソ連で開発が競われた高出力核爆弾を示唆している。ソ連が開発に成功したツァーリ・ボンバは、百メガトンの威力を実現する水爆で、一九六一年にソ連領ノヴァヤゼムリャ島で核実験が行われた。米ソ両国は軍事力拡大を競い合い、核の脅威による牽制を図った。冷戦下で米ソとも、抑止力である核開発を止めるわけにはいかない時代だった。

＊7　一般的に、共和党支持者と右翼は国連に敵対的で、彼らの考えではアメリカは独立した主権国家で、多国間主義の国連が介入することに不快感を示していた。ワイルドなイメージとかけ離れたお上品な教育ママが、暴動を起こして石や瓶を投げ込む光景は笑いを誘う。

（「サンフランシスコ・エグザミナー」紙、一九六二年一月十日）

女性解放運動

猫も杓子もこの話題にページを割いているので、私もひとつ記事を書くとしよう。女性解放運動は環境保護と同じくらいファッショナブルになっている。クリトリスによるオーガズムは、海底油田と同様、きちんとした社交の場で話題にのぼる。男性的な服を着ていた曾祖母も含め、代々続く婦人参政権論者の直系の子孫ではあるが、それでも昨今の女性解放運動は少々非現実的で、その感情的な暴力や執念深さに困惑していた。というのも日頃から自由な精神の女性に囲まれ、解放されていない女性を常に避けてきたせいもある。盛り上がりを見せる黒人運動、同性愛者運動、女性解放運動、学生運動、その他あらゆる種類の運動はそれぞれ意味があるが[*1]、困惑していた私がある日突然気がついたのは、これまで送ってきた過激で革新的で自由奔放なボヘミア生活は、実は伝統や社会的側面、家系までもが地続きで繋がり、その起源は自由や人間性に疑問の余地がなく、性差、人種、奴隷の待遇が無視された十八世紀まで遡ることができるということだ。

我々が今日目にしているのは、これまで決して革命的でなく、反抗することに不慣れだった人々および階級による、一連の革命なのだ。ケイト・ミレット[*2]やシュラミス・ファイアストーン[*3]の著書を読んでいると、驚きでしばしば本を読む手が止まることがある。彼女たちはどんな種類の男性を知っているのか。さらに言えば、どんな種類の女性を知っているのだろう。答えは「行きつけの売春宿の前に二重駐車する野暮なアメリカ男」と「ミンクのコートを買ってくれなきゃ、夜のご奉仕はお預け、がモットーのブルジョワ気取りなアメリカ女」だ。この領域で私は全くのよそ者だし、自分とは無縁で無知の世界に恐れをなしてインポになるだろう。この手の女性たちが人間関係を改善しようがしまいがどうでもいいが、もし彼女たちが本当に解放されたら一体どうなるのか不安になる。年を追うごとに彼女たちはますます混乱し、混乱を極めると今度はどんどん意地悪になり、意地悪が過ぎると今度は死に物狂いになるが、死に物狂いな相手とダンスを踊るのはご免だ。

ミレット女史やファイアストーン女史の意見はごもっとも、彼女たちの想像以上に正しい。USスチール[*4]からフランシス・ウィラード小学校[*5]まで女性がアメリカを動かしている。実際に仕事をこなすのは女性の重役補佐で、決定を下し、飛行機を予約し、上司が服用する精神安定剤を一日三回きっちり分けている間、男性の社長、あるいは学校長はビジネスランチやビジネス・ブレックファーストにまで赴き、主な活動といえば質の悪い安酒をあおるくらいだ。女性たちは匿名で、目に見えず、何の権限もないが、もし彼女たちがそれぞれ手元にある事務機器のレバーをひょいと動かせば、経済全体が破綻するだろう。

アメリカは病気になると世界で最も高くつく国で、死ぬにしても法外に高くておちおち死ねない。米国医師会は建設業みたいなもので[*6]、世界公衆衛生でアメリカ十二位という低水準を何とか確保するために、医師は必要最低限の人数しか置かない。そして女性が医療の世界に入ると、医学部進学課程の学生に始まり退職するまで、人種差別とは別の、容赦ない迫害を受ける。通常、産科か婦人科に進めば無事に退職できない。これらの専門職は、空中ブランコ曲芸師と同じくらい短命だ。一方高度な訓練を受け、博士号を取得した看護管理部長は、彼女の「上司」である医師たちより三、四年も多く教育を受けているのにもかかわらず、「上司」の収入の十分の一しか得ていない。大手設計事務所を見てみよう。職場は女性ばかりだ。製図技師だと思うだろうがそうではない、彼女たちは皆建築家なのだ。実際に仕事をこなすのは彼女たちで、上司はクライアントを連れてビジネスランチに赴き、魅力的な見取り図を引いて、質の悪い安酒をあおる。雑誌などで女性が手がけた建築物をいくつ見たことがあるだろうか。アメリカにはそこそこ有名な女性建築家が二人いるに過ぎない。そしてその二人は同業者の間で知られるのみで、一般には全く知られていない。ニューヨークの大手出版社では、実際の編集作業はほとんどすべて女性が担当している。上司は執筆者やエージェントを連れてビジネスランチに赴き、質の悪い安酒をあおる。すべての責任は女性にあるが、何の権限も持たない。行使できるただひとつの権力は、商品として彼女たちの性的魅力を利用することだが、アメリカは上層部から下層部までゲイの進出著しく、女性の色仕掛けはもう通じない。

女性解放を訴える伝道者たち、特に写真入りで雑誌に載るような女性たちの一番の問題は、女性であるが故ではなく、制度的に搾取され、苛立ちを募らせていることに対する過度な感情表出である。現代の騒乱における他のあらゆる運動は、要点がはっきりしている。社会的、経済的、家庭内、および機会の面で、完全な平等を求めている。「生まれながらの男女の違い」を巡り、激しい戦いを繰り広げる女性解放運動は、現段階では無意味だ。もしすべての機会が一様に保証されるなら、生物学的な差異についても自ずと解決するだろう。ロシアの女性が炭坑労働者になる「自由」[*7]について個人的には感心しないが、蓼食う虫も好き好きだろう。

司法の平等は、ベッド上でも権利を主張する女性との間で夜ごと繰り広げられる消耗戦に停戦をもたらすだろうか。怪しいものだ。今日のアメリカでは、黒人に司法の平等があるが、彼らに保証されている法律は、単に南北戦争後に可決された同一の法律を、改めて明言しただけだ。大した進歩じゃないか、と言いたいところだが、まあ一歩進んだくらいだ。十年前、過激な黒人活動家の旧友が「生きている間にトンネルの先に光が見えるとは思ってもみなかった」と言った。確かに光はあるが、十年経って光はだんだん赤く染まってきた。

残酷な真実だが、環境、経済、社会、道徳、倫理、宗教、性、男女間など今ある問題は、我々の社会、あるいは現存するいかなる社会の枠組みの中でも解決できない。そして毎年、それらの問題はますます解決が難しく、致命的になっていく。何もかも基本の根幹から過ちである。高潔な男女が完全な平等のもとに共生する前に、我々はゼロからやり直さなければなるまい。たぶん百万年後に美しく素敵な生活というものは、イカやタコ、ゴキブリの子孫によって営まれるだろう。ホモ・サピエンスの干からびた子孫は、それら生き残った生物に寄生するアメーバにつくシラミの一種になるだろう。

訳注

＊1　原文"every other little movement that has a meaning of its own"は、一九一〇年のブロードウェイ・ミュージカル"Madame Sherry"の歌曲"Every Little Movement (Has a Meaning All Its Own)"（仕草ひとつに意味がある）から来ている。歌はロンドン出身の歌手マリー・ロイド、後にジュディ・ガーランドやドリス・デイなど多くの歌手にカバーされている。

＊2　Kate Millet（一九三四 - ）は、アメリカのフェミニスト作家、社会活動家。一九七〇年の著書『性の政治学』はアメリカの第二波フェミニズムに大きな影響を与えた。

＊3　Shulamith Firestone（一九四五 - 二〇一二）はカナダ生まれの女性活動家。一九六〇年代の第二波フェミニズムの中から起こった思想、ラディカル・フェミニズムの中心的人物。一九七〇年の著書『性の弁証法』は、ケイト・ミレット『性の政治学』と並んでフェミニズム理論の支柱となった。

＊4　United States Steel Corporation（U.S. Steel）はアメリカと中央ヨーロッパに拠点を持つ世界七位の総合製鉄会社。

＊5　Frances Elizabeth Caroline Willard（一八三九 - 九八）はアメリカの教育者、禁酒運動改革者、女性参政権運動家。彼女の功績を称えて名付けられた小学校・中学校が米国各地にある。

＊6　米国医師会は、病院や製薬会社に強力な権限を持ち、医療教育制度まで支配している。大学医学部にも高額な研究施設や装備を要求したため医学校は激減。学費が高い上に教育期間も延長され、卒業生も減少した。医療教育は裕福な家庭出身のエリート学生に限られ、結果医師の数が少なく、特に地方の医師不足は深刻である。既存の登録医師の高給を維持するために、意図的に医師の数を制限している説まで出た。ニューヨークやボストンではマフィアが建設業の元締めで、大口の受注はマフィアの息の掛かった建設業者に流し、暴利を得ていた点に米国医師会と建設業の共通点を見ている。

＊7　第二次世界大戦で三千万人もの死者を出したとされる旧ソヴィエト連邦では、女性が育児を取り上げられ過酷な労働現場に駆り出されるのは日常茶飯事だった。

（「サンフランシスコ・マガジン」誌、一九七〇年十二月）

詩人論・作品論

『心の庭・花環の丘にて——その他の日本の詩』解説

モーガン・ギブソン
片桐ユズル訳

　ケネス・レクスロスの予言の声は、きょうこれから読まれるように、ひとびとに読まれつづけるかぎり、沈黙することはないでしょう。一九〇五年に生まれ、昨年（一九八二年）六月六日に死ぬまで、このアメリカの賢者は六十年にわたってアバンガルドの世界でいろいろな生き方をしてきました。まずはじめはシカゴで早熟な俳優、画家であり、街頭で革命をとなえる詩人でした。つぎに彼は西海岸にうつり、カウボーイのための料理番をしたり、登山家、博物学者として地球の環境保護に献身しました。のちに彼はメキシコ、ニューヨーク、ヨーロッパ、さらにアジアをしらべてまわりました。彼は先見性のある活動家であり、愛と自然のやさしい抒情詩人であり、不正に対してはきびしい風刺家でありました。彼はしばしばやくざな喜劇役者でしたが、また深遠な悲劇作家でもありました。彼はすぐれた翻訳者であり、半ダースにわたるヨーロッパとアジアの言語を訳しました。彼の交友は全世界にわたり、数えきれない芸術家、知識人、労働者、僧侶、尼僧、淫売、政治家、ギャング、ジャズとクラシックの音楽家、銀行家、共産主義者と無政府主義者たちとつきあいました。彼の多くの冒険から育った世才が彼の会話や文章をいろどっています。しかしぐるぐるまわる彼の世界の中心にはつねに静かな光がありました。

　京都の児玉実英先生によれば、アメリカ詩人のうちでケネス・レクスロスほど詩や翻訳をとおして日本についての意識を高めるのに貢献したひとはいないそうです。日本と中国文化、特にその仏教的側面が、少年時代より彼の生涯を通じて、その作品と世界観にしみこんでいます。まだ青年のころ、カリフォルニアの日本人の友だちのたすけで彼は日本語、日本文学、日本文化の諸側面に対する目をひらきました。そして第二次大戦中は、収容所行きとか、その他の民族差別的迫害にさらされていた日本人を助けました。彼はすべての戦争と政治的弾圧を非難しました。ですから「サムライ」の道ではなくて、彼がつねにひいきにしたのは慈悲、平和、協調などの側面における日本の美的、宗教的経験でありました。

彼は一九六七年に日本にはじめて来ました。それから一九七二年、一九七四 - 五年、一九七八年、一九八〇年に来日しています。彼の生涯の最後の八年間、日本は彼にとってきわめて深い影響をおよぼしたのです。このことは彼の数冊の本にあらわれています。*One Hundred More Poems from the Japanese* が、初期の日本訳詩集 *One Hundred Poems from the Japanese* につづきました。*The Burning Heart: Women Poets of Japan*, *Seasons of Sacred Lust: Selected Poems of Shiraishi Kazuko* などの翻訳があります。彼が編集した *The Buddhist Writings of Lafcadio Hearn* には彼の洞察にみちた解説があり、それは日本仏教、とくに、禅ではなくて、真言が彼の世界観を形づくったことを示しています。しかし彼の仏教は彼の詩作品の方で、より直接的にあらわれていますから、まずはじめに『心の庭／庭の心』についてコメントしてみたいとおもいます。これは彼が一九六七年に書いたものです。

『心の庭／庭の心』は、その大部分が、禅宗の大徳寺で書かれた、とわたしはおもいますが、日本の他の地方での経験も反映しています。わたしのかんがえでは、これは彼の長詩のなかではもっともうまくいったものです。これは「道」に生きることの傑作です。老いゆく詩人が初夏の日本の山林をさまよい、時空の彼方に消えた心の奥底の音楽に聞きいります。彼は老子の道のイメージをおもいだします。谷神は死なず。暗き女と呼ばれる。暗き女を入口として天地の根にいたる。うんぬん。彼は道に対して、恋する女を失った男がもつような感慨をいだきます。しかし、さとりというものは、自分が水の中に住んでいることを知らない無心な魚のようなものですから、それをあえて求めること自体がすでにむりなのです。道は光のようですが見えず、音楽のようですが聞こえません。彼は感覚の混交にわれを失います。しかし道は感覚できるものではありません。滝のところで詩人は、なにかが相互作用的に、なだれおちる水にさからってうごいている、と気づきます。山をこえ、谷をわたり、アマガエルと語り、光にひたり、はた織りのトンカラリとパチンコのチンジャラジャラをききながら、詩人の正しい瞑想はむくわれます。彼はものごとをあるがままに見るようになり、彼のこころは執着から生じた幻影から解きはなたれました。あらゆるものが神聖に見えますが、かといって俗なるものの反対という意味で特に神聖なものがあるわけではないのです。というわけで淫売は白い夜どおし彼女のやりかたで、おがんでいます。これは彼のいちばん音楽的な詩です。

二〜三年のちに、一九七一年に、日本の経験をあつかった短詩がいくつか、*Sky Sea Birds Trees Earth House Beasts Flowers* という題で出されました。これらは一九七四年の *New Poems* に再録されています。多くは仏教的テーマのものです。たとえば、ひとつの詩では仏陀がこう言います、数知れぬ真理のうちから、ごくわずかだけを秋の落葉のように手にのせてみなさんにあげたのです、と。レクスロスのお気に入りのイメージのひとつに「インドラの網」というのがあります、それは網状をなす宝石のひとつひとつが他のすべての宝石を反射するのです。それはちょうどすべての仏陀たちが、おたがいと宇宙全体を反射しあうのとおなじだというのです。

日本の経験を反映するもうひとつの本は *The Morning Star* で、一九七九年に出版されました。これは実際にはいままで別々に出版されていた三つの作品をあつめたものです。

第一部は「シルバー・スワン——日本にて書かれた詩1974-75」です。これらの詩はすべて日本的な感じがしますが、いくつかはスウェーデンの詩人、グンナー・エケロフからの翻訳です。ここにはまた藤原定家と、レクスロスのお気にいりの現代日本詩人、与謝野晶子の翻訳もあります。

The Morning Star の第二部は「花環の丘にて」という一連の詩です。この非常に美しい連作は京都の墓地で書かれ、タイトルは墓地と華厳経の両方を示します。この詩では自分自身のことを、老いゆく巡礼がひとり、たそがれゆく道のなかば、秋の落ち葉をとおりぬけて歩いて行くと近くに昔の王女の墓があり、その魂は他の英雄

たちとともに、詩人のまわりにただよっているような気がするのです。

The Morning Star の最後の部分には彼のもうひとつの偉大な連作、彼のもっとも情熱的な恋愛詩があり「ケネス・レクスロス訳　摩利支子の愛の歌」と呼ばれています。しかし、ここで秘密をばらしてしまいますと、これらは翻訳ではなくてケネスの自作の詩なのです。これらの欲望と祝福と別離の強烈な短詩はひとつの小説的な連作であります。

しかしそれらが物語るのは摩利支子自身の恋をこえたものであります。というのは摩利支子は恋人を抱きたいと恋いこがれます、ちょうど観音菩薩のように千本の手で彼を抱きたいというのです。彼女の情熱は詩人の瞑想と分かちがたいものとなります。摩利支子は、事実、大日如来と一体になったようにおもわれます。この連作が示すものはレクスロスの真言仏教、とくに空海の密教のおしえに対する深い関心であります。

摩利支子のモデルは京都で出会った実在の女の人だとケネスは書いていますが、わたしのかんがえでは、彼が詩を通じて知ったかぎりでの与謝野晶子をモデルにしたというほうがあたっているとおもいます。これらの詩の調子はじっさい非常に「乱れ髪」——晶子の連作短歌の傑作とそっくりです。どちらの連作も日本の仏教徒の女性の奔放な情熱の吐露であり、彼女は恋人にこがれ、絶頂的に一体となり、別離を苦しみます。

わが髪のみだれは
ひとり寝られぬ枕のせい
うつろな目と　こけたほほは
あなたのせいだ

これはレクスロスの晶子風であり、彼は晶子の詩をいくつかの本で翻訳しています。そして晶子について彼は非常に高い賞讃を書いていて、彼の意見では、彼女は現代日本最大の女性詩人なのです。彼女は短歌を復活させ、女性運動と反戦運動に刺激をあたえ、雑誌「明星」を編集し、そこからレクスロスは *The Morning Star* という名をとって自分の詩集のタイトルにしたのでした。

というわけでアキコ・マリチコはレクスロスのミューズ救い主のパンテオンに入るのです。パンテオンの他の神々も大多数は女性で——彼の妻たち、恋人たち、彼の劇中のアルテミスの女たち、昔の詩人たち、ヒロインたち、そして彼自身の母親で、彼女は詩作品のなかで非常に目立つ存在です。女性原理との瞑想的な一体化をとおして彼はすべての存在の相互依存性を実感し、そしてニルバナへとはいっていったのでした。彼は詩のなかで生きて語りつづけ、それはわたしたちにとって目覚めの道です。わたしの詩のなかで彼が好んだのは、わたしの *Speaking of Light* という詩集のなかにある一息の作品です。そのなかの一語をさしかえて、ケネス・レクスロスへの追悼としたいとおもいます。

なんというふしぎ
これがあなたの生
ほかならぬ

編注

＊モーガン・ギブソン Morgan Gibson（一九二九－）は詩人、批評家、編集者。日米両国で大学教授を歴任。レクスロスに関する著作に『ケネス・レクスロス』（*Kenneth Rexroth*, 1972）、『革命的レクスロス——東洋と西洋の叡知を持つ詩人』（*Revolutionary Rexroth: Poet of East-West Wisdom*, 1986）がある。

Excerpted from *The Worldly Wisdom of Kenneth Rexroth*, © 1984 by Morgan Gibson.

（『心の庭・花環の丘にて——その他の日本の詩』一九八四年手帖舎刊）

ケネス・レクスロスと日本
――極東からの賛辞

児玉実英
青木映子訳

アメリカ詩人の中で日本文化を最もよく理解していたのは、ケネス・レクスロスである――このことに疑いの余地はないだろう。

ウォルト・ホイットマン[*1]は「ブロードウェイの行列」という詩の中で、一八六〇年、日本初の遣米使節団の侍たちがアメリカに到着したのを祝し、ヘンリー・ワーズワース・ロングフェロー[*2]は「ケラモス」と題した詩の中で、伊万里焼の壺の美しさを賞賛した。しかし彼らの日本文化に関する知識は、すぐ察しがつくように、非常に限られていた。ニューヨークの新聞で読んだのか、ホイットマンは「二刀差しで、無帽にして、無表情な」使節団の歓迎パレードをマンハッタンに見に行き、その光景と、彼独自の俯瞰的な世界観を組み合わせた。ロングフェローは、極東を放浪している息子チャールズから時折便りをもらっていたが、多くの土産品の中のひとつが詩人の想像力をかき立てただけだった。

エイミー・ローウェル[*3]は幼少の頃から日本的なものが好きだった。兄のパーシヴァルが旅先の日本から手紙やプレゼントを「親愛なる大きなエイミー[*4]」に贈り続けた。とりわけ彼女に大きな刺激を与えたのは木版画で、浮世絵を直訳した *Pictures of the Floating World* と題した詩集には俳句のような短詩が数多く収められている。エズラ・パウンド[*5]の「地下鉄の駅で」(一九一三)の二行詩や、後の「長めのひとつのイメージの詩」といったイマジズム詩の詩作は俳句の影響を受けている。フェロノサの遺稿を託されたパウンドは、中国や日本の極東文化への造詣を深めた。

しかしケネス・レクスロスに比べると、彼らの日本文化に対する理解はごく表面的といえよう。ローウェルはニューイングランド気質が抜けず、知らず知らず伝統的なアメリカ北東部の価値観に固執していた。放浪者にして国際感覚に優れた知的航海者であったパウンドだが、それでもなお日本の海岸からさらに内陸を探索することはなかった。

レクスロスは彼らに比べ、東洋と西洋両方の新旧幅広い知識を持ち、とりわけ日本の文化や生活様式の様々な面について、驚くほど深い知識を有していた。日本の精神風土に共感し、日本文化に浸りつつ、レクスロスは研ぎ澄まされた感性と卓越した詩人の技巧を駆使し、鮮烈で、儚くも神秘的な独自の美を英語で再現している。

On the forest path
The leaves fall. In the withered
Grass the crickets sing
Their last songs. Through dew and dusk
I walk the path you once walked,
My sleeves wet with memory.

森の小みちに
木の葉が落ちる。枯葉の中で
こおろぎが、最後の歌を
うたっている。露と薄やみの中
ぼくは、きみがかつて歩いた小みちを、歩いている。
袖は　思い出で　ぬれつつ。

追憶の繊細な神秘性を喚起するこの美しい詩は、不思議と奥深く拡がる夢幻能の冒頭を彷彿とさせる。レクスロスがこの詩を私に見せてくれたのは、彼が京都東山の山麓にある築八百年といわれる平屋[*6]に住んでいた一九七四年十一月から一九七五年九月の間のある初冬の日であった。一尺角の栗材の柱と飛騨高山の土壁を用いて建てられた平屋には、茶室、いろりのある部屋、馬をつなぐ土間、座敷の他に、レクスロスお気に入りの檜の湯船のある浴室があった。近くには泉涌寺の森が広がり、レクスロスは山科へ続く小径を妻のキャロル・ティンカーとよく散歩していた。詩の中の「きみ」とは誰なのか、おずおずと尋ねた私に、彼は微笑んで「山科に住んでいた人のことさ」と答えた。そして「それは、きみことという人」と小声でいい、まるで独り言をつぶやくように「この詩は万葉集の翻案のようなものだ」と付け加えた。「翻案」と言ったのはおそらく本歌取りという、有名な古い歌の一部を暗示引用することで意味を深める日本古来の詩歌の作詩法と思われる。二百以上の日本詩歌を英訳したレクスロスは、「ノート」の中でも、本歌取りについて自ら解説している。実際例えば自身が英訳した都々逸の多くは、彼の正確な指摘通り、短歌を手本にしている。上記に挙げた自作の詩は、おそらく詠み人知らずの万葉の本歌をふまえた、レクスロス流英語版のようである。従って彼自身が本歌取りの実践者なのだ。

あさぐもり　日の入りぬれば　御立《みたたし》の
　島におりいて　嘆きつるかも

Cloudy morning
The sun dim
I walked in the Palace gardens
And wept where he had walked.

森の仄暗い小径の散策は、彼に山科に住むなつかしい人を思い出させ、同時に、自ら英訳した御陵のある泉涌寺の森のような庭園を詠ったこの万葉の短歌を、思い出させたのだろう。

長詩『花環の丘にて』（一九七六）は同じテーマに深みが与えられ、八部の詩が展開されているが、同時に驚くべきは、一連の本歌取りが巧みに織り交ぜられていることである。

Who was this princess under
This mound overgrown with trees
Now almost bare of leaves?
Only the pine and cypress
Are still green [...]
　　　　There are more leaves on
The ground than grew on the trees.
I can no longer see the
Path; I find my way without
Stumbling; my heavy heart has
Gone this way before. Until
Life goes out memory will

Not vanish, but grow stronger
Night by night.
　　Aching nostalgia—
In the darkness every moment
Grows longer and longer, and
I feel as timeless as the
Two thousand year old cypress.

この王女はだれか？　その眠る
塚をかくす木々は
いまやほとんど葉が落ちている
ただマツとイトスギ
だけがまだ緑だ（…）
　　地上の葉のほうが
木にある葉よりも多い。
もはや道は
見えず。だがつまづかず
道はたどれる。わが重き心は
すでにこの道をたどった。いのち
去るまで記憶は
消えず、ただつよくなるのみ
夜ごと夜ごと。
　　郷愁がうずく——
暗闇で一瞬一瞬が
長くのびて、わたしは
時間をこえ　ちょうど
二千歳のイトスギのようだ
（片桐ユズル訳）

この『花環の丘にて』第二部の美しい詩行は、抑え切れない郷愁に駆られた心を詠んだ一節であるが、この中に日本の古典短歌が何首か埋め込まれている。

In the dusk the path
You used to come to me
Is overgrown and indistinguishable,
Except for the spider webs
That hang across it
Like threads of sorrow.
Izumi Shikibu

夕暮れは　君が通い路　道もなく
巣がけるくもの　糸ぞかなしき

和泉式部

Evening darkens until
I can no longer see the path.
Still I find my way home.
My horse has gone this way before.

Anonymous

夕やみは道も見えねど古里は
　もと越し駒にまかせてぞ来る

詠み人知らず

Until life goes out
Memory will not vanish
But grow stronger
Day by day.

Anonymous

わがいのち　またけむかぎり　忘れめや
　いや日にけには　念《おも》いますとも

詠み人知らず

Aching nostalgia—
As evening darkens
And every moment grows
Longer and longer, I feel
Ageless as the thousand year pine.

Anonymous

暮るるまは　千とせを過ぐす　心地して
　待つは　まことに　久しかりける

詠み人知らず

レクスロスによって美しく、また絶妙なリズムの中に英訳されたこれらの歌は、彼の『続日本詩歌百篇』（*One Hundred More Poems from the Japanese*, 1976）に収録されている。そしてこれらの短歌はレクスロス自身の詩に連続的な本歌取りのように巧みに取り入れられている。さらに第五、七、八部でもこの種の一連の本歌取りが見られるのである。そして、この詩全体を通して、レクスロスは人生の意味を示唆しているようにみえる。つまり思い出は、山寺の鐘のように心の内で反響し合い、人から人へと拡がっていくのだ。同じように、様々な響きを持つ日本の古典詩歌は、時に遠くの残響のように、時に雷鳴の如く共鳴し合う。

『花環の丘にて』は、短歌を用いた以前のレクスロス作品とは幾分異なったところがある。以前の作品は、創作詩の中に短歌を宝石のように散りばめた感があった。『不死鳥と亀』（一九四四）では、短歌の暗示引用は、カリフォルニアの砂地の夜の世界と対比を成している。古代の日本と近代のアメリカという並列する二つの世界は、遠くから互いに反射し合っている。『心の庭／庭の心』（一九六七）では、短歌の英訳の部分と、創作の部分との間に自然な応答関係があった。この宗教的な愛の詩の中では、東洋と西洋の対話が見られた。しかし『花環の丘にて』では、短歌の世界とレクスロスの創作の世界との美しい融合がなされ、連続的本歌取りの中で、互いに混じり合い、溶解し、ふたつの世界が重なり合う虹のように渾然一体となっている。

一九七八年に鹿児島の新聞記者とのインタビューで、レクスロスが「私は仏教徒だ」と満足そうに話す穏やかな口調が、今でも私の耳に残っている。実際、彼は日本により深く親しんでいるようだ。著書『自伝的小説』（*An Autobiographical Novel*, 1966）で語られているように、レクスロスは海図のない海に乗り出し、世界の多様な価値観に接触した。そして後年、レクスロスは日本文化を最も深く理解するようになった。彼のメッセージは、価値探求の航海に乗り出せば、東洋、特に日本文化の中に、何か大変大切なものが見出せる、ということではなかったかと思えてくる。

For Rexroth: The Ark 14, 1980

訳注

＊1　Walter "Walt" Whitman（一八一九 - 九二）は、アメリカの詩人、随筆家、ジャーナリスト。代表作『草の葉』で知られ、アメリカ文学に大きな影響を与えた詩人・作家のひとり。

＊2　Henry Wadsworth Longfellow（一八〇七 - 八二）

は、アメリカの詩人。代表作は『エヴァンジェリン』（一八四七）、『ハイアワサの歌』（一八五五）など。
＊3　Amy Lawrence Lowell（一八七四 - 一九二五）は、アメリカの詩人。死後の一九二六年にピューリッツァー賞詩部門を受賞。エズラ・パウンドに影響を受け、イマジズムの詩を書いた。
＊4　エイミーは腺機能異常により太っていた。
＊5　Ezra Weston Loomis Pound（一八八五 - 一九七二）は、詩人、音楽家、批評家。第一次世界大戦以前にロンドンでイマジズムやヴォーティシズムを提唱し、モダニズム運動の中心的人物のひとりであった。
＊6　もとは飛騨高山にあった藁葺き屋根の木造建築で、京都の今熊野に移築された。第二次世界大戦後はドナルド・キーンやエドワード・サイデンステッカーら日本学者も下宿し、無賓主庵と呼ばれ親しまれた。現在は同志社大学に寄贈され、同校アーモスト館敷地内に移築されている。

ケネス・レクスロスについて

ロバート・カーシュ
青木映子訳

ケネス・レクスロス[*1]について私が述べることすべては、以下の観点から理解されるべきである。私にとって彼は教師であり友人で、また詩人、批評家、翻訳家であり、芸術の分野に活力を与える原動力でもある。彼は人間図書館[*2]のひとりで、記憶の系譜、叙事詩、伝承や神秘に傾倒している原始的な部族に重んじられている。そのような人々は今日のコンピューター情報・検索時代において稀少である。

だから私はケネスが次の自伝[*3]に取りかかるのを心待ちにしていて、未来の世代の読者に読み継がれることに大いに興味がある。実際、口述による歴史録音のために選ばれるべき誰かがいるとしたら、この素晴らしい人物こそ相応しい。私が何を聞いても、誰も知らないようなアルバニアやズールー族の文学ですら、ケネスから博識な答えや興味深い逸話を引き出せないことは一度もなかった。ケネスの話すことは決して平凡で退屈ではなく、常につながりがある。生活と言葉、人々と場所が互いに響き合うセンス、複雑で興味深い感受性、それこそが詩人および評論家としてのケネスの偉業である。詩とジャズの組み合わせで先達となって以来、すべては容易で自然に思えた。日本とアメリカの文化の架け橋になるのも、ケネスが求める相互のつながりからだ。組み合わせの妙であり、対照の妙である。チェーンメールのようにさりげなく物事を結びつけて、人生の本質を描き出す方法を彼は知っている。

ケネスがある時私に言ったのは、私の著書『マデリン・オーストリアン』（一九六〇）のアイデアの種は、ずっと前のある晩に彼が私の家に連れてきた少女ではないかということだった。当時の話の内容や壁の色は覚えていたが、マデリンのモデルとして彼女を見ていなかったし、主人公の経験の一部をサンフランシスコに設定した理由も定かではなかった。しかししばらくして、やはりケネスが正しいことに気がついた。彼はほとんどの場合正しく、いつも心が広くて寛大である。優れた語り手で詩人だが、これまで十分な評価がなされていない。それは彼がアメリカ芸術の偉大な罪を犯しているからだ。その多芸多才ぶりが正当な評価を阻んでいる。時の人としてもてはやされている多くの人々が、一時の評価を批評家に看破された後に、ケネスの真価が認められる日が来るだろう。

For Rexroth: The Ark 14, 1980

訳注

＊ロバート・カーシュ Robert Kirsch（一九二二 - 八〇）は、「ロサンゼルス・タイムズ」紙の書評欄を一九五二年から彼の死の一九八〇年まで担当し、カリフォルニア大学ロサンゼルス校（UCLA）ではジャーナリズムの講師として教壇に立った。

＊1　この文章を書いた当時、ケネスはまだ健在だった。

＊2　本文では経験や知識の豊富な文化人に話を聞く、歴史や多様な文化の語り部の意味で使われている。文字がない時代に、物語や伝説、歴史、歌などは語り部と呼ばれる特別な存在によりすべて口承で伝えられてきた。文字によ

らず記憶を伝えてきた語り部は生きた図書館として、民族の存続に関わる重要な役割を担っていた。

＊3　自伝 *An Autobiographical Novel*（1966）はレクスロスがアンドレ・ダッチャーと結婚し、サンフランシスコに移住した直後に、サッコとヴァンゼッティが処刑された一九二七年八月の二十一歳までの回想録。タイトルを「自伝的小説」としたのは、多くの著名人が実名で登場し、具体的な場所や出来事などが明記されているため、後で訴えられないようにという出版社側の配慮らしい。一九七八年の重版に「最終章」が追記され、*Excerpts from a Life* と題した章が文芸雑誌 *Conjunctions*（1981）に収められているが、補足的であったため、著者はレクスロスの本格的な次の自伝の出版を待ち望んでいたようだ。

ケネス・レックスロス
――ビートの先達、予言者を予言した人

白石かずこ

ケネス・レックスロスはアレン・ギンズバーグたちが現れる少し前、一九〇五年十二月二十二日インディアナ州で生まれたから、ビート詩人たちをみまもり、ガイドする兄のような役割をし、同時にこの過激に変動した時代のアメリカおよびアメリカ詩にとっては、まさにゴッドファザーのような存在であった。

ビート詩はアレン・ギンズバーグの長篇詩「吠える」が眠れるアメリカを腸からゆり動かし、今まで恥部として隠された人間の真の姿、飢えた魂、病んだ人々、麻薬、同性愛、貧民層の黒人たちを描くことにより全米は非難轟々、こうしてビート旋風は、はじまった。

これをケネス・レックスロスは西海岸からみていた。いちはやくギンズバーグのただならぬ才能と本質をみぬき「アレンは昔の聖書に現れる予言者（政治社会に深く

かかわり、批判し、世の中をよくするべく行動する）だ」といった。このケネスの烔眼に驚く。その後の、アレンのヴェトナム反戦の平和運動、地球の環境問題への提言や行動にはヒッピーからフラワーチルドレンまで何千何万という人々がついていったのだから、ケネスは最初の一瞬に五十年先をみぬいていたことになる。

今や二十一世紀に入り、ふりかえって二十世紀を詩で動かした重要且つグレイトな詩人となるとギンズバーグがまず念頭に浮かんでくる。

かっての異端、体制を否定しつづけたアレンは今日、正統派としてむかえられ、アカデミックな大学側がきそって卒論にとりあげているのを天上のケネスにみせてあげたかった。

ケネスの行動は敏速である。「吠える」でビート旋風の旗をあげ、非難のツブテを連日うけてるギンズバーグたちにサンフランシスコにくるようにと招いた。

そこのシックス・ギャラリーでのギンズバーグたちの詩の朗読は、のちにサンフランシスコ・ルネッサンスと呼ばれるようになる。兄のようなケネスは彼らを家に招き、おそらく毎晩そこではビートのコトバやＪＡＺＺやサムシングエルスの花火が未来に向けてあがったことであろう。

ケネスはジャズの巨漢チャーリー・ミンガスとデュオの詩の朗読のレコードがあるくらい、朗読の名手であり、且つジャズに通じていた。ルイ・アームストロング、マックス・ローチ、アビー・リンカーンらと親交があり、同時に画家としてキュービズムの作品等、ポートランド（ケネス・レックスロスに捧げる、一九七八）詩祭でみることができた。ケネスについて金関寿夫教授は「知識人として超一流、翻訳、文学美術音楽評論、比較宗教学、哲学、言語学、民俗学（まだあるかもしれない）と、学問の方でもなまじの大学教師より本格的なところで、はるかにものがよく解っている。要するに超大型の「啓蒙家」なのだ。しかも生涯を通じ反俗、反体制の姿勢を貫いていてユニーク云々」と語っている。おそらくケネスと五七年から親交をもち、生涯よき友であり、理解者であった。

シックス・ギャラリーでのギンズバーグの詩の朗読の

大センセーション、象牙の塔行きをやめ、ケネスにより生き方に開眼し、禅寺に行き、東洋の自然観をもつようになったゲーリー・スナイダー、ケネスは、いわばビートの育ての親であった。八〇年代初め、メキシコシティでの国際詩祭で当時、病気がちのケネスへ、よせ書きしようよとアレンは云い、一緒にお見舞の絵ハガキを送ったこともあった。ビートの彼らは心の中でケネスを深く敬愛していた。

ケネスは、ティーンの頃、シカゴのボヘミアン地区でIWW（世界労働者連合）に加盟しアメリカ各地を転々、清掃人夫、作物の刈入れ、森林警備員をしていたこともあり、シカゴ時代はアル・カポネなどの運転手のたむろするバーでケネスも安酒をあおっていた。この頃はアカデミックな作家のいる一方、ヘミングウェイなど流浪の作家たちもいて活力ある行動の時代だった。そのせいかケネスは表通りだけでなく裏通りのスラング、さまざまな層の人間たち、人種たちの生き方を熟知し、それがのちにケネスの人間の大きな器、世界観を形成していったと思う。

わたしは幸運にも六〇年代半ばからケネスの晩年まで、たびたび逢うことができた。

アメリカで黒人運動が過激になり、その中でもブラック・パンサーたちは白人に敵意しかもたない者たちだったがケネスをまるで慈父のように慕い、彼のアドバイスを大人しく素直にきくのだった。アメリカの知的な黒人たちの間ではケネス・レックスロスの人気は絶大でわたしがサンタバーバラのケネスに逢いにいくというと「あの偉大な人に一度逢わせてほしい」とか「ぼくの敬愛する気持ちを伝えて下さい」と必ずいわれた。彼らの強い熱いコトバからわたしはみえないケネスの巨きな慈愛の存在を感じるのだった。

ケネスの数多いエピソードの中で一番忘れられないのはヴェトナム戦争の時である。その頃、成績の悪い学生は戦争に行かなければならない。そこでレックスロス教授は学生たちに自分で自分の点をつけさせた。Aとつければ死ににいかなくてもすむ、Bなら戦場へ、である。なんとスバラシイ教授ではないか。ところが大学側は顔をしかめ、彼を首にしようとした。がこれをきいて全米から著名な詩人、作家、教授たちが飛行機や車、自前でやってきて今日の自分があるのはケネスのおかげだと大学の講堂で講演した。入りきれない生徒《ヒト》たちが講堂のまわりを何重にもまわり、講演者は今度は外にでて、もう一度スピーチをした。これを地元テレビが取材、「このように偉大な人物を首にするとは」と大学当局が恥をかき、ついにケネス教授を首にすることができなかった。このエピソードは彼の教え子ジョン・ソルトからきいた。

　ケネスに最初に逢った六七年、山下洋輔のピアノで彼が名調子で朗読した時、わたしたちは少なからず彼にライブの在り方について影響をうけた。彼のパワフルでシェイクスピアの舞台をみる名調子に日本の詩人たちは口がきけないほど感動し、それから日本語でいかにジャズの不協和音をもつフリーの即興演奏とやっていくかにいどむようになった。

　何度目かはサンタバーバラの自宅でUCLAの生徒たちの詩の実習、ギターを弾くもの、朗読の代りにベリダンスを踊った妊娠六カ月の自信とよろこびにみちた十八歳の少女のエロチックで健康な魅力を忘れることができない。大学の教授の前でここまで無垢で天真爛漫になれるとは。ミニスカートすら白眼視された時代、七〇年代の日本からきたわたしには、そこはほとんど精神の解放区、楽園であった。

　日本にくると上野の「水月」という旅館に泊まっていた。満開の桜の下で一合桝を二つにあわせて巧みに拍子をとり、詩を朗じていたケネスも七十六歳、サンタバーバラの病院で全身チューブをつけ、一九八二年六月六日に亡くなる。この日は彼と文通のみ、逢うことなく親交のあった北園克衛の命日、その前日は西脇順三郎、近代のモダニズムの星たちの天に召される日付になっていたのか。

　サンタバーバラの海のみえる崖の上に彼は眠り、その墓碑銘のみが、静かな、彼の内なるポエジーの滴の永遠を感じさせてくれる。

満月がのぼり
白鳥がうたう
夢のなか

こころの湖上

（片桐ユズル訳）

（白鳥は死ぬ前に一度うたうという。）ケネス・レックスロスはあの時代、詩と詩人たちを抱きかかえ、はばたかせた巨きな惑星であった。

（「現代詩手帖」二〇〇一年二月号）

教育者としてのケネス・レクスロス

ジョン・ソルト

青木映子訳

カリフォルニア大学サンタバーバラ校で、ケネス・レクスロスの授業を初めて受けた時のことを覚えている。国際的に高く評価されている詩人が詩と歌のワークショップで教えていて、創作に意欲的でいろんなジャンルを取り込みたい学生向けだと、友達から聞いたのがきっかけだった。それまで数年間詩を書いていた私は、そんなわけで授業に顔を出してみた。

授業は盛況で、レクスロスはまず始めに、演壇上の話者に視線を集めるために傾斜をつけた座席の構造について、雄弁に異議を唱えた。その後、授業は床が平らな別の建物に移動し、誰でも対等に話し合うことができた。ブルックス・ブラザーズのスーツに身を固めた典型的な大学教授が教える、小難しい御託を並べた退屈な講義より、レクスロスが語るジャズ、文学、宗教、政治、愛についての話の方が核心を突いているように思えた。

ひとつ覚えておいて欲しいのは、時代はアメリカによるベトナムでの戦争[*1]の最中で、もし学生の成績が政府が定める基準に満たない場合は除籍となり、即刻軍隊に召集され、兵役者の五割がベトナムに送られるのだ。何人が生きて帰れたか、そもそも五体満足で戻れたかどうか。この話は別の機会に譲るとしよう。

話を戻すと、レクスロスが学生に要求したのはひとつだけ、一学期の三カ月間で、詩、楽器の演奏、自作の歌、ダンスなど、自身の内側から湧き出る独創的なパフォーマンスを披露することだった。大事なのは自らの内面を表現することで、実際学生たちは、ジャズに合わせて読経したり、バレエを踊ったり、誰もが皆素晴らしいパフォーマンスを見せてくれた。それぞれ詩や曲を書き、特に器用な学生は、猥雑なカントリー・ソングのジャンルを編み出したりした。詩やパフォーマンスについてコメントすることもあったが、レクスロスはあえて批判的な雰囲気を作らず、学生たちもお互いの作品をこき下ろすようなことはしなかった。レクスロスの関心は、人々の創作活動に興味を持つことはもちろん、連帯感や思いやりある人間関係を大切にすることにあった。この作品発表が卒業後の仕事に繋がる学生はほとんどいないだろう。しかしそれぞれが特技を高めることで、人生の意義を模索する魂を解き放つ助けになるのだ。工場の組立ラインのような画一的な教育を施す大学には、このような本来あるべき教育目標が欠如していた。レクスロスは、歴史の中で今こそ、紙に印字された詩を声に出して読む時代であると信じていた。そして彼は詩の朗読会を、世界中を席巻したジャズと組み合わせた最初のアメリカ人詩人のひとりであった。学生が表現できる場を設けて、皆に聞いてもらえる環境を作る、それこそがレクスロスにとって一番重要だった。

学期末に採点簿の作成にあたり、教師として学生を評価しなければならない。そこでレクスロスは採点簿を学生たちに回覧して、名前の横にそれぞれ評価を書き込ませた。主観はともかく、創造性は判断できないから、自分の評価は自分でしなさいと学生たちに言ったのだ。レクスロスは深遠で誠実であった。有望な歌手や作家は自ずと評価されるし、厳しい自己批判を否定するつもりもないと話した。要するに自分の個性を信じろということだ。その間にもアメリカによるベトナムでの戦争がワニのような口を開けて我々を餌食にしようと待ち構えていた。

鮮明に覚えているのは、デイヴという名の男子学生のパフォーマンスで、オレンジの木箱を二つ持ってきて地面に並べ、その上にレコードジャケットから取り出したレコードを渡した。そしておもむろにジャンプすると、レコードと木箱を木っ端みじんに叩き割った。ひと言も発することなく、彼は立ち去った。見ていた学生はそれぞれで解釈するよりなかった。一学期の間で彼が披露したパフォーマンスはその一回だけだった。かといって他の学生の出し物がそれほど観念的に抽象的というわけでもなかった。

授業で発表をしていく中で、学生たちは他の詩人や、異文化、別の時代への関心が高まっていった。そこでレクスロスは、画家で詩人の妻キャロル・ティンカーと共に自宅でセミナーを開くようになった（教師としては無償だが、大学の単位として認められた）。東洋詩、西欧詩、現代詩、部族詩など学期ごとに違うテーマを取り上げた。ブリタニカ百科事典の執筆を依頼されて「文学」の項目を書いたレクスロスは文学全般に造詣が深く、個人的な友人に作家が多いこともあり、様々な作家や文学作品についての話は、我々学生を魅了した。学生たちは大学図書館にある特別コレクションの書架に行くよう求められ、レクスロスが薦める詩人の詩集数冊を毎週読んだ。次の週のセッションでは、それらの詩集の中から特に共感した詩を授業の中で朗読した。このような実践は非常に有益であった。興味もない課題について研究やレポートを強要する他のクラスとは雲泥の差で、それゆえ我々は学習経験そのものに対して幻滅を感じていた。セミナーでは自作の詩も朗読した。ジャスミン茶やハーブティー、日本茶でもてなされ、私を始め学生は皆、親密で胸躍る雰囲気に惹き込まれた。学生の多くは大学教育は事実上レクスロスに始まりレクスロスで終わった、と考えていた。

大学教員は通常、研究室で学生の修学上あるいは個人的な相談などに応じる時間を設けているが、レクスロスは四方を壁に囲まれた部屋に閉じ込められるべきではないと、近くのビーチを研究室代わりにし、学生たちは浜辺に集った。ちなみにレクスロスは現在七十四歳*2にして見事な泳ぎっぷりを見せている。

もし学生がゴマをするつもりで「ドクター・レクスロス*3」などと呼ぼうものなら、「とりあえず熱い風呂に入って、アスピリンを二錠飲んで、朝になったら私に電話しなさい」と笑って返されたものだった。

学生に優劣をつけず、知的でオープン、親しみやすい雰囲気の中で若者の創作意欲を引き出そうとプライベートな時間を無償で提供する教師は、間違いなく貴重で、理想的な存在であった。学生たちは試験や論文の提出といったプレッシャーにさらされることなく、芸術を通して自分を表現することを求められ、ギターをかき鳴らしたり、人生の道のりをバラードに託したり、心の奥底をさらけ出す演技をしても良かった。出来過ぎた話だと思うだろうか。しかし英文学科としては異彩を放つ存在を苦々しく思っていた。英文学の教授らは、生前は時代を先駆けていたが今となっては死んだ作家を嬉々として研究しているが、残念なことに、今の時代を先駆ける生きた作家には追いついていけなかったようだ。信じられないことに、英文学科はレクスロスの授業を取り止めて「ジョン・ダンにみる曖昧の七つの型*4」のクラスに取り換えようとした（皮肉なことにレクスロスならこの新しいクラスのテーマを誰よりも明確に説明できただろう）。学生たちは大学教育の最も重要な部分がむやみに取り上げられたと感じ、暴動寸前の事態に発展した。生涯に渡り平和主義者であったレクスロスは、自分のために暴力が行使されるのは容認できず堪え難く、このまま静かに身を引く方を選ぶと言った。

クラス閉鎖の可能性は今後の行方に暗い影を落とした。ニュースは広まり、ニューヨークにいるアレン・ギンズバーグの耳に入り、サンフランシスコにいるローレンス・ファーリンゲティ、デイヴィッド・メルツァー、ゲーリー・スナイダーの耳にも届いた。彼ら詩人仲間や賛同者たちは自腹で飛行機に乗り、学生たちが主催した詩の朗読会に乗り込んだ。キャンパス内で一番大きい八百人収容の講堂キャンベル・ホールは満員で、講堂の外も八百人の聴衆で溢れかえった。マイクの音響設備が二箇所に設置され、詩人が入れ替わりで講堂の中と外で同時に詩の朗読をした。皆、レクスロスとの生涯変わらぬ個人的な友情について語り、彼の詩業の偉大さに心から敬意を表した。今の自分の成功はレクスロスの親身な励ましと指導のお陰だと話しながら感極まる者もいた。現代アメリカの文化思想に多大な影響を与えた作品を書いた一流の詩人たちが、我々の先生であり彼らの恩師であるレクスロスに賛辞を捧げるのを聞いた一夜は一生忘れられない。大物の詩人たちが師と仰ぐレクスロスに教えを乞う機会を得た我々は恵まれていた。しかし英文学科の教授陣は誰一人としてこの歴史的な朗読会に立ち会わなかった。メディアがイベントを取り上げるやいなや、アメリカの最も偉大な生きる詩人のひとりに退職を迫った、みじめなコンクリート製の教育機関であるカリフォルニア大学サンタバーバラ校は世論を騒がせるニュースとなった。大学当局は人気と尊敬を集める数少ない教師のひとりを追放しようとした愚かな試みにより大恥をかいた。嫉妬深い二流の英文学科の教授陣は、詩の研究を死んだ詩人に限定する狭量な目的に追い返され、一方、学生と積極的に関わる生きた詩人ケネス・レクスロスは、学生の芸術的な可能性を型にはめることなく、どこまでも伸ばしていける自由な教育環境を再び取り戻した。

その数年後に、レクスロスは大学を自らの意思で退職したが、自宅でのセミナーや朗読会は妻のキャロルと続けている。最近では中心的な話題のひとつとして女性詩がワークショップで取り上げられ、地元の作家らが主に参加している。大学の授業でワークショップを実施した時でも、何百キロも離れた場所から大勢の人が参加した。

現在大学に通っている学生に聞いたところ、ケネス・レクスロスが教えていたような授業は今はもうないそうだ。そんな理想的な授業があったらと望む学生は多いだろうが、有意義で創造的な雰囲気を作り出す、レクスロスに匹敵するような素晴らしい才能を持った教師はいないらしい。もしいたとしても、大学側は学生の詩と歌の才能を伸ばすことに興味がないようだ。それは一九六〇年代の短い春の夢であった。今は再び科学、経済、そして死んだ詩人のみの研究に戻ってしまったそうだ。死んだ詩人を教える生きた教師ばかりの中、偉大な生きている詩人を師と仰げたことに大変な喜びを感じている。

英文学科からさんざん嫌がらせや拒絶に遭いながらも、素晴らしい詩人で教育改革者であったケネス・レクスロスが、いつかウォルト・ホイットマンやマーク・トウェインと同様、偉大なアメリカ作家のひとりとして評価され、研究される日が来ることを信じている。また英文学科もレクスロスが教鞭をとっていたことを誇りに思う日が来るだろう。そしてレクスロスを辞職に追い込もうとした不名誉な事実を揉み消そうとするに違いない。

訳注

＊レクスロスは本エッセイを収録した本を手にすることなく、出版二カ月後の一九八二年六月六日に七十六歳で亡くなった。

＊1　ベトナム戦争のこと。ベトナム・アメリカ間の戦争なのに、戦争名にアメリカと明記しないのは責任逃れであり、本来なら「アメリカによるベトナムでの戦争」あるいは「米越戦争」とでも記述するのが公平だという筆者の主張。同様に他の戦争についても、例えばイラク戦争なら「アメリカによるイラクでの戦争」にすべきだと主張している。

＊2　このエッセイの依頼を受けて執筆したのは一九八〇年。

＊3　「ドクター」には博士号の学位を持つ博士と医師の二つの意味がある。

＊4　イギリスの文学批評家ウィリアム・エンプソン（William Empson）の代表作『曖昧の七つの型』（*Seven Types of Ambiguity*, 1930）はシェイクスピア、ジョン・ダン、ドライデンらの英国詩を、曖昧という区分で七つのタイプに分類して評価した。

（『現在の詩と文学』一九八二年全国学生新聞会連合刊）

最期までエロス

ジョン・ソルト
青木映子訳

ケネス・レクスロスについてキャロル・ティンカーの葬儀
でジョージア・トレイシーから聞いた話
二〇一二年四月十三日　カリフォルニア州サンタバーバラ

ケネス・レクスロスの最晩年（一九八二）に
最期まで付き添っていた
三人の看護師のうちのひとりが
ケネスの妻の葬儀で思い出話をした

「ケネスは管につながれてるのに
看護師のひとりの大きな胸に
触りたがったの」

「初めのうちはためらっていたけど
最後には『いいわよ』って
触らせてあげたんだって」

ケネスは菩薩の誓い*について
説得力のある文章を書いた
最期に菩薩が胸を貸してくれたのは
良いカルマ（因果）が戻って来たからに違いない

ジョージアはさらに続けて
「ケネスが死んだ時
家中の電気が一斉に落ちたけど
ケネスの部屋だけ明かりが
ついたままだったの」

「ちょうど私の当番で
最期を看取った時
背骨から頭に
エネルギーが駆け上がったみたいに
ケネスがブルブルっと震えて

部屋が一瞬光に包まれて
そして、仰向けにひっくり返って
息を引き取ったの」

「ケネスの死後
付き添い看護師三人で
ご飯を食べる機会があって」

「私が他の看護師たちに『私が当番の時、
ケネスはいつも楽しそうに喋っていたから
あなたたちが付き添う時には
眠っていたのでしょう』と訊くと
ふたりとも『まさか』って答えるから
それでケネスはずっと起きていて
私たちを楽しませてくれていたと分かったの
ケネスは彼の人生と同じくらい
楽しく刺激的な死を全うしたのね」

＊誓願とも言う。菩薩が衆生の救済を願って立てた誓い。衆生を一人残らず浄土に往生させたいという誓願が叶うまでは涅槃に行かないという菩薩の誓い。江戸時代には遊女を生身の菩薩とする思想もあり、著者は胸を触らせてくれた看護師を色菩薩に見立てている。

解説・年譜

解説

田口哲也

1　はじめに

ケネス・レクスロス Kenneth Rexroth（一九〇五－一九八二）は二十世紀のアメリカが生んだ偉大な詩人・画家・思想家であり、筋金入りの非暴力アナーキストでもある。単に体制だけでなく、その体制が強要する表現形式にも徹底的に反抗した、闘う芸術家だった。本書の最初に所収されている「若きアナーキストの著者の肖像」をもう一度読んでもらいたい。最後の七行はこうだ。

二つの階層の子供たちがいて連中に／共通点はなかった。金持ちの子供は／キャディーとして働き、貧乏人は／ゴルフボールをくすねた。ぼくが属していたのは／例外が集まるところで／日が暮れると　そして雨の日に／こっそりと忍び込んでは／玉が入る穴にうんこをした

このような作品はとても教科書には載らないだろう。もともと詩はサブバーシヴ（＝体制転覆志向）な可能性を秘めているので、この作品のようにその政治的なメッセージが極めて明示的である場合、すなわちサブバーシヴであると作品が体制によって認定された場合に「検閲」にかかるのは当然だ。

そのレクスロスの芸術家や思想家としての発展は欧米の近代の歴史的発展とは切り離せないのだが、この方面にそれほど詳しくない日本の読者に初めて聞く固有名詞を連発するよりは、まずはレクスロスと日本との関係を述べておこう。レクスロスは様々な意味において日本人にとって恩人であるが、彼の日本贔屓は決して皮算用に基づいた異国趣味を売り物とする「文学商人」の悪知恵から出たものではなく、西洋文明没落後の世界を見据えた真摯な理解に基づくものである。エズラ・パウンド（Ezra Pound）の孔子へののめり込みはつとに有名だが、レクスロスはパウンドと違って実際に中国語や日本語の読み書きができ、完璧ではなかったかもしれないが、会

話すら可能であった。レクスロスは西洋近代が生み出した資本主義と個人主義が地球を最終的に破壊しかねないことを早くから懸念していた。だからこそ長期間にわたる東洋文化への傾倒は、彼の理想とした「愛の共同体」の可能性を、例えば、日本文化の中に探し出そうとした姿勢となって現れたとも解釈できる。

2 レクスロスと日本

レクスロスは一九六七年に初めて日本にやってきて、京都に滞在している。だが、彼が日本の文化に興味を持ち始めたのは幼少の頃からで、その影響はすでに一九四四年の詩集『不死鳥と亀』（*The Phoenix and the Tortoise*）に認められる。名訳、『日本詩歌百篇』（*One Hundred Poems from the Japanese*）の出版は初来日の十二年前、一九五五年のことであるが、リー・バートレット編の『ケネス・レクスロスとジェイムズ・ロックリン往復書簡集』によると、レクスロスは一九四七年の時点でこの詞華集をすでに完成していた。

一九四〇年代、特にその前半の日米関係は最悪であった。だが、モーガン・ギブソンの解説の中に出て来るように、レクスロスは戦争中に良心的兵役拒否の姿勢を貫き通しただけでなく、財産を没収され、強制収容所へと連行される日系アメリカ人を陰に陽に手助けした。現代アメリカ詩と日本文化の関係についての世界的な権威である児玉実英同志社女子大学名誉教授によれば、当時、仏壇を預かってくれというリクエストにはさすがのレクスロスも困ったようである。

レクスロスの日本への関心は古典文学に限らず、同時代の詩人にも向けられていた。とりわけ北園克衛とは長い交流があった。レクスロスと関係の深かった詩人で、『北園克衛の詩と詩学——意味のタペストリーを細断《シュレッド》する』（思潮社、二〇一〇年）の著者であるジョン・ソルト（John Solt）の精力的な研究や紹介によって、二〇一三年のLACMA（ロサンゼルス郡立美術館）での展覧会など、北園はアメリカでも再び高い評価を受け始めている。一九七八年京都「ほんやら洞」での片桐ユズルの司会による、白石かずことのジョイント・リーディングの際、レクスロスは北園克衛が自分の長年の親友であり、彼の優れた詩が今日あまり読まれていないのは、どういう理由があるにしろとても残念なことだと語っていた。

日本にやって来たレクスロスは、古典文学が生きた世界として今なお日本に残っていることに強い感動を覚え、ペンクラブの大会への参加に伴う短期間の滞在の後、丸一年にわたる京都生活を送り、その後も何度かの日本滞在を果たす。レクスロスの生涯と日本に来てからの足跡については、モーガン・ギブソンの解説や青木映子による「年譜」を見ていただきたいが、彼と「生」の日本との出会いはいくつもの新しい情熱に満ちた詩篇を紡がせることになる。それらの作品は、『新しい詩』（*New Poems*）や『明けの明星』（*The Morning Star*）にまとめられていく。『摩利支子の愛の歌』（*The Love Poems of Marichiko*）は若く奔放な日本人女性が一人称で性愛の喜びを歌った短詩を集めたものとなっているが、実はレクスロス自身の作品であった。片桐ユズルによる名訳に「復元のこころみ」という苦肉の副題が付いているのはそのためである。レクスロスは立川真言に並々ならぬ関心を寄せていて、神秘主義と性愛が結びつく極限の表現をこの完成度の高い作品集で試みた。なお、京都の縄手四条と東京の上野にある摩利支天はインド伝来の仏教の教えが色濃く残っている珍しい寺院で、娼婦や侍たちの霊を慰める場として知られている。

レクスロスは、白石かずこ、吉原幸子、石垣りんなどの日本の現代詩人、とりわけ女性の詩人の紹介を精力的に行う。白石の *Seasons of Sacred Lust: The Selected Poems of Kazuko Shiraishi* や渥美育子との共編による *Women Poets of Japan* などは現在でも読まれており、これはレクスロスのもう一つの大きな業績である。さらにレクスロスは日本の女性詩人を鼓舞しようと、私財を投じて一九七五年から八一年まで続いた「ケネス・レクスロス詩賞」を設けた。

『日本詩歌百篇』はアメリカの読者の間で好評を博し、その後に出た『続日本詩歌百篇』（*One Hundred More Poems from the Japanese*）などと併せてクリスマス・プレゼントとしてよく購入されたと言われている。ソルトのハーバード大学大学院時代の恩師、ハワード・ヒビットは、日本の古典詩の翻訳はレクスロスのものが英語の詩としては一番だと語っていたという。翻訳家としての一面を記述し始めるときりがないくらいにレクスロスの功績は大きい。ギリシャ語、スペイン語、中国語、フランス語など様々な言語からの翻訳がある。日本の文化、とりわけ日本の詩歌を英語圏に紹介し、しかも優れた英語の文学作品として結実させたレクスロス自身の選詩集が日本で出版されることの意義は大きい。

3　アメリカ合衆国発の「ビッグ・マン」

レクスロスはいわば「セルフ・メイド・マン」（"self-made-man"）の一典型である。インディアナ州で生を受け、多感な青春時代を当時世界でも屈指の文化的先進地であったシカゴで過ごす。シカゴでの波瀾万丈の人生は『自伝的小説』（*An Autobiographical Novel*）に詳しい。ネットにさえ繋がれば何でも分かるという「グーグル的展開」以降の世界の住民からすると驚異的としか言いようのないレクスロスの知識量は、定評ある百科事典『ブリタニカ』全巻を毎年読み直すという驚くべき努力の結果であった。因にこの『ブリタニカ』の「文学」（The Art of Literature）の項目執筆はレクスロスによるもので、その博学をフルに発揮して世界中の、古代から現代までの文学を縦横無尽に論じており、文学研究者一般にとって必読文献になっている。

レクスロスの博識ぶりは本書に所収のロバート・カーシュ（Robert Kirsch）が一二九‐一三一頁でも触れている。カーシュは「ロサンゼルス・タイムズ」紙の書評欄を一九五二年から死ぬまで担当した人だ。彼は「ケネスの話すことは決して平凡で退屈ではなく、常につながりがある。生活と言葉、人々と場所が互いに響き合うセンス、複雑で興味深い感受性、それこそが詩人および評論家としてのケネスの偉業である」と述べている。しかもこれらの知識は公教育を通してではなく、自己学習によったというところが如何にも自主独立を重んじるアメリカのよき伝統でありセルフ・メイド・マン的である。日本では自己教育を見下す傾向がいまだに強いが、小山俊一によれば教育の本質は自己教育現象にあり、枠組みにとらわれない自由な発想から、その膨大な知識を活用すれば驚くべき知恵や知見が結果として生まれる。

ケネス・レクスロスの作品を理解するためには、この極めてアメリカ的な特質を理解しておくことが重要である。レクスロスの詩人としての等身大のイメージは、片桐ユズルによる貴重な日本での朗読会の記録である「ほんやら洞のケネス・レクスロス」（本書七二‐九六頁）で鮮明に浮かび上がる。かつてアメリカでのある朗読会で詩人が「私の作品には革命、エロティシズム、神秘思想といったジャンルがある。どれが聞きたい」と問うと、間髪いれずに聴衆の中のひとりの女性が「どこに違いがあるの？」という突っ込みを入れたエピソードをレクスロスは気に入っていて、朗読会でしばしばこのジョークを使っていた。そんな雰囲気がこの記録にもこもっている。

一九二〇年代のシカゴを生き抜いたレクスロスはおよそあらゆる類いの芸術的、政治的実験に参加している。アナーキズム、サンディカリズムのさなかにいたレクスロスは決して少数派ではなかった。日米で起きた急速な都市化、産業化、資本主義の拡大は著しい社会矛盾を露呈し、ちょうど大正デモクラシーが大杉栄という希有なアナーキストとその惨殺を生み出したように、レクスロスはIWWに結集した労働者たちの高揚とその真逆のサッコ＝ヴァンゼッティ事件に象徴される巨大な「社会的嘘」を見せつけられる。「サッコ＝ヴァンゼッティ事件」を検索エンジンに掛けてみると、激しいことばで抗議する自作を朗読するレクスロスの動画にたどりつくことができる。

十九世紀のパリ・コミューンから二十世紀のアメリカによるベトナム侵略戦争への反戦運動まで、民衆にとって革命は目の前の生身の男女の裸身のようにリアルであった。レクスロスが歌い上げた革命と自由恋愛の焔は作品となって結晶し、その作品を通して私たちは彼らの革命や恋愛を追体験することが可能である。

かつて大学を「霧の工場」と呼んだレクスロスは、自分の作品がアカデミックな教材として取り上げられることを期待していなかったはずだ。アカデミズムや言論界が彼の業績を評価しようとしないのはなぜか。今まで明確な否定の理由を述べた者はいない。レクスロスのような知性が次世代に影響を与え、多くの人々の間で拡散すると何かまずいことでもあるのだろうか。

一九七八年、京都市の同志社大学に近い、今出川寺町西入ルにあった対抗文化の聖地「ほんやら洞」で開かれたレクスロスの朗読会に参加したおり、いきなり冒頭で「私の多くの左翼思想家の友人や労働運動の活動家の同志はコンクリート詰めになってサンフランシスコ湾に沈められた」と物凄い勢いで語り始めた詩人に圧倒された。一九六〇年代に警察の腐敗を率直に語ったために、ハースト系の新聞の人気コラムニストの職やその他二つの職を奪われたり、あるいは本書の詩人論でソルトが詳しく述べているように、反体制的なレクスロスの言動を快く思わない大学当局によって、カリフォルニア大学サンタバーバラ校の職を奪われそうになったり、レクスロスは権力による露骨な弾圧や貧困を耐え忍び、生き残ったアメリカの良心を代表する高潔な人物であった。

現在レクスロスが軽んじられている理由のひとつは、レクスロスたちが生み出した詩人と読者の直接的な結びつきが霧散してしまったからである。猛烈な速度と規模で発達が続くテクノロジーを駆使し、天文学的な数の言説が巨大なメディアのネットワークを通して垂れ流され、巨大資本による圧倒的なCMやマーケティング、さらには大手の流通を通さなければ、アントニオ・グラムシ（Antonio Gramsci）の言う「文化的覇権（ヘゲモニー）」を握れない構造になってしまった。問題は、この圧倒的な市場経済が自然を書き換えて征服するという西欧近代文明の最新の発展段階であるなら、この市場経済をチェックする機能を人類が失ってしまったらどうなるかである。すべてを食い尽くす市場経済という「妖怪」はやがて人間環境を破壊する運命にあることは明明白白である。

レクスロスはすでに一九五六年にニュー・ディレクションズ社から *In Defense of the Earth* と題された詩集を出版しているが、彼がしばしば数カ月ものあいだに山中に籠り、自然との共生の実験を試みていた事実はとりわけ重要である。

「共産主義者」即ち、ロシア・マルクス主義の系譜に繋がるイデオローグ特有の単純な「君か僕か」式の全体主義的なドグマに陥らずに、レクスロスが資本主義社会の巨大な矛盾を赤裸々に指摘できたのはなぜであろうか。

冒頭で触れた『自伝的小説』の中に出てくる挿話が示唆的である。レクスロスは十六歳の時に未成年であるにも拘わらずナイトクラブを運営していたためにシカゴの刑務所に送られ、暖房のない激寒のブタ箱の中でアフリカ系アメリカ人の囚人と互いの体を暖め合って寒さをしのいだ。一九六一年のコラム「ブラック・ムスリム」（本書一〇五 - 一一〇頁）の中で、レクスロスはアフリカ系アメリカ人への強烈な連帯を表明しているが、一九六〇年代初めのアメリカの有無を言わせない白人至上主義の状況を考えれば、そのずば抜けた勇気には驚かされる。

優れた詩人に与えられるカリフォルニア・ブック賞（California Book Awards Silver Medal [*In What Hour*, 1940]）を受賞したときに式に出席するために上着を隣人に借りなければならないほど貧乏だった。この金銭的困窮は何を意味するのだろう。リー・バートレット編の書簡集から様々なエピソードが読み取れる。行動範囲の広さ、多様さが理解できるエピソートを一つ紹介しよう。レクスロスはサンフランシスコ時代に「黒人街」に住んでいた。ある日のことだ。陰鬱なレストランで中産階級のスノッブな女性と長い話をしたあと、外に出ると街路ですさまじい状態の女浮浪者を見つける。弱者を放っておけない詩人は彼女を助け、彼女が休める場所を探して街中のホテルのドアを叩く。しかし、どこでも拒否され、あげく、知り合いの売春宿にやっと女性を休ませる場所を見つけることができた。ところが、そこには、ひどいヘロイン中毒の東洋系の売春婦がいて、しかも彼女は詩人と顔見知りであった。この挿話を記した手紙の末尾で「私の交友関係はどうなっているのだろう」とレクスロスが呟く。

ビート全盛の時代の頃の話だが、当時ビートの生みの親として有名だったレクスロスを「タイム」誌の表紙記事にすべく記者が詩人を訪ねてきた。この記者はレクスロスに会うまでは、エコロジーやアナーキズム、あるいは東洋文化などには関心がなかったのだが、レクスロスの話に強い感銘を受け、自分の仕事がいかに空しいかを悟って、記者を辞めてヒッピーになったという。この結果、「タイム」誌の表紙を自分の写真で飾る機会を永遠に失ったのだが、レクスロスは落胆するどころかこの結末にとても満足していたという。

レクスロスは『自伝的小説』の中で絵の才能を見込んで多額のギャラをオファーされたことに対する違和感を表明している。彼は資本主義のキャッシュ・ネクサスに疑問を持っていた。体制側によって幾度も経済的な困窮に追い込まれたレクスロスであるが、芸術的価値の創造は私たちの審美眼に語義の本来の意味において直接働きかけ、その結果、集団的選択を正しい方向に導くと、対抗文化の旗手は考えたのではないか。

最後に、本書の編集方針を簡単に記しておきたい。レクスロスの作品は北園克衛による歴史的な翻訳もあるが、この選詩集の大部分の翻訳はレクスロスが絶大な信頼を寄せていた片桐ユズルの手によるものである。片桐はサンフランシスコでビートを同時代に経験した稀有な詩人である。「ほんやら洞」でのロックのステージのような二人の軽妙なやり取りから詩の面白さ、詩人のカッコ良さを感じ取ってもらうことができると思う。また初期から晩年までの代表的な作品に加えて、円熟期に書かれた日本に関わりの深い作品を多く集めた。散文はレクスロスの多方面への関心とコラムニストとしてのスタイルを生かした五つのコラム記事を青木映子が選び翻訳した。これらのコラムから読み取れる問題意識は現在でも新鮮だ。レクスロスは多くの素晴らしい散文を残しているが、スペースの関係で本書には収めていない。それらは現在でも簡単に手に入るし、ケン・ナブ（Ken Knabb）が運営しているサイト上でも読むことができる。英語が読める人はぜひ挑戦してほしい。詩人論・作品論は白石かずこやジョン・ソルトなどレクスロスと関係の深かった詩人や学者・ジャーナリストにお願いした。人文学はひたすらテキストを読み込むしかない。テキストを読み取ることが出来なくなったらどんな美しい作品も、深淵な哲学も地上から消え去ってしまう。暗黒の中世にあっても腐らずに生き続け、人類の知恵という火を守り続けた修道士のように、この文庫を手にすることになった読者はレクスロスから松明を受け継いでいると思ってほしい。

本書はロサンゼルスのジョン・ソルト、京都の青木映子と私の三人の共同作業で出来上がった。二人に感謝する。

年譜

一九〇五年

十二月二十二日、インディアナ州サウス・ベンドに生まれる。父チャールズは薬剤師。母デリアは父とともに進歩的な人だった。

一九一六年　**十一歳**

母の死を機して、オハイオ州トレドに移る。

一九一八年　**十三歳**

父は商売に失敗し、アル中になり死ぬ。シカゴのサウスサイドの叔母にひきとられる。

一九一九 - 二一年　**十四 - 十六歳**

画家、詩人、俳優、ジャーナリストとしてラディカルな活動に参加。シャーリー・ジョンソンとの恋愛を続けるためにはじめて、東海岸へ旅に出る。二一年、サッコ＝ヴァンゼッティ事件の容疑者二名に対し、死刑判決が下される（一九一九 - 二〇年にマサチューセッツ州で起こった一連の強盗殺人事件の容疑者として、イタリア移民のニコラ・サッコとバルトロメオ・ヴァンゼッティが逮捕される。移民の二人は、第一次世界大戦への徴兵拒否、労働紛争さなかのストライキ指導で共産主義者・アナーキストと見なされ、アメリカの反共産政策「赤狩り」のターゲットにされたといわれている。不公平な審理に抗議する再審運動が世界中で起こった）。

一九二七年　**二十二歳**

サッコ＝ヴァンゼッティ処刑される。アメリカ裁判史上に残る、最大の冤罪といわれる。この事件はレクスロスに大きな影響を及ぼした。不当に抑圧された人々や貧しい人たちを助けるべく、既存社会の不正や権威と闘い、抵抗するラディカルな生き方をしようと固く誓う。アンドレア・ダッチャーと結婚。サンフランシスコへ移る。

一九四〇年　**三十五歳**

アンドレア病死。処女作となる詩集『何時（なんどき）』（*In What Hour*）を出版。同詩集にてコモンウェルスクラブ・オブ・カリフォルニア（Commonwealth Club of California）主催のカリフォルニア・ブック賞シルバーメダル（California Book Awards Silver Medal）受賞。受賞式に出席するのに、スーツを新調する経済的余裕もなく、友人から借りて事なきを得た。マリー・キャスと結婚。

一九四四年　三十九歳

詩集『不死鳥と亀』（*The Phoenix and the Tortoise*）を出版。同詩集にてカリフォルニア・ブック賞シルバーメダルを再び受賞。

一九四七年　四十二歳

『D・H・ローレンス詩選集』（*D. H. Lawrence: Selected Poems*）を出版。レクスロス自身が編集し、長い序文を執筆。二十世紀を代表する作家としてのローレンスの地位確立に大きく寄与した。

一九四八年　四十三歳

マリー・キャスと別居。グッゲンハイム奨学金（Guggenheim Fellowship）を得てヨーロッパを旅行する。

一九四九年　四十四歳

マーサ・ラーセンと結婚。一九二七 - 三二年の初期詩篇を含む『処世術の技』（*The Art of Worldly Wisdom*）を出版。『新英国詩人――作品集』（*The New British Poets: An Anthology*）を出版。レクスロス自身が編集し、長い序文を執筆。序文の中でディラン・トマスを紹介、最も偉大な二十世紀の詩人のひとりとしての地位確立に大きく寄与した。詩集『万物の署名』（*The Signature of All Things*）を出版。

一九五〇年　四十五歳

メアリー誕生。

一九五一年　四十六歳

詩劇『山脈を越えて』（*Beyond the Mountains*）を出版。ギリシャ神話から題材を得ているが、レクスロスは日本の能楽の影響も認めている。

一九五二年　四十七歳

詩集『龍と一角獣』（*The Dragon and the Unicorn*）を出版。翻訳詩集『オスカル・ミウォシュによる十四の詩』（*Fourteen Poems by O. V. de L. Milosz*）を出版。無名だったオスカル・ミウォシュの仏詩を初めてまとまった形で英訳して紹介。

一九五四年　四十九歳

キャサリーン誕生。「ディラン・トマスを悼む」

（“Lament for Dylan Thomas”）の題でイェール文芸誌（*The Yale Literary Magazine*）に短い詩が掲載される。翌年、本の形で『汝殺すなかれ——ディラン・トマスを追悼して』（*Thou Shalt Not Kill: A Memorial for Dylan Thomas*）の題で増補された長詩を出版。序文でレクスロスは海賊版が広く出回っていることに不満を述べている。

一九五五年　五十歳

十月七日、サンフランシスコのシックス・ギャラリーでアメリカ文学史上に残る記念碑的な詩の朗読会が開催される。レクスロスがMCを担当、アレン・ギンズバーグが「吠える」（Howl）を発表し、ビート世代の幕開けを告げる。マリー・キャスとの離婚が成立。翻訳詩集『日本詩歌百篇』（*One Hundred Poems from the Japanese*）を出版。『娘メアリーとキャサリーンに捧げる動物寓話集』（*A Bestiary for My Daughters Mary & Katherine*）を出版。

一九五六年　五十一歳

サンフランシスコ・ルネッサンスに指導的役割を果たす。翻訳詩集『愛と亡命のスペイン詩三十篇』（*Thirty Spanish Poems of Love and Exile*）と、『中国詩歌百篇』（*One Hundred Poems from the Chinese*）を出版。詩集『地球を守るために』（*In Defense of the Earth*）を出版。

一九五七年　五十二歳

ユーニス・ティージェンズ賞（Eunice Tietjens Award）を受賞。

一九五八年　五十三歳

米国ポエトリー・ソサエティーからシェリー・メモリアル賞（Shelley Memorial Award）を授与される。エイミー・ローウェル奨学金（Amy Lowell Poetry Travelling Scholarship）を得る。チャペルブルック賞（Chapelbrook Award）を受賞。

一九五九年　五十四歳

『藪の中の鳥——赤裸々なエッセイ集』（*Bird in the Bush: Obvious Essays*）を出版。

一九六一年　五十六歳

マーサ・ラーセンと離婚。文芸批評『試金物』（*Assays*）を出版。

一九六二年　五十七歳

翻訳詩集『ギリシャ選詩集』（*Poems from the Greek Anthology*）を出版。

一九六三年　五十八歳

ロングヴュー賞（Longview Award）を受賞。詩集『ダマスカスと呼ばれる屋敷』（*The Homestead Called Damascus*）を出版。『自然数――新選詩集一九四〇‐一九六三』（*Natural Numbers: New and Selected Poems 1940-1963*）を出版。

一九六四年　五十九歳

全米芸術文化協会賞（National Institute of Arts and Letters Award）を受賞。

一九六五年　六十歳

コンタクト誌（*Contact*）よりW・C・ウィリアムズ賞（W. C. Williams Award）を授与される。

一九六六年　六十一歳

『自伝的小説』（*An Autobiographical Novel*）と、『短篇詩集』（*The Collected Shorter Poems*）を出版。

一九六七年　六十二歳

ロックフェラー財団奨学金（Rockefeller grant）を得る。来日。同志社大学と東京のピットインで朗読会。詩集『心の庭／庭の心』（*The Heart's Garden, The Garden's Heart*）を出版。『ケネス・レクスロス著作目録』（*Kenneth Rexroth: A Checklist of His Published Writings*）ジェームズ・ハーツェル編。

一九六八年　六十三歳

文芸評論『古典再訪』（*Classics Revisited*）を出版。『長篇詩集』（*The Collected Longer Poems*）を出版。カリフォルニア大学サンタバーバラ校の講師になる。

一九七〇年　六十五歳

翻訳詩『愛と転換の年――続中国詩歌百篇』（*Love & The Turning Year: One Hundred More Poems from the Chinese*）を出版。エッセイ『目と耳で』（*With Eye and Ear: Essays*）と、『代替社会――もうひとつの世界からのエッセイ』（*The Alternative Society: Essays from the Other World*）を出版。

一九七一年　六十六歳

文芸評論『二十世紀のアメリカ詩』（*American Poetry in the Twentieth Century*）を出版。詩集『空、海、鳥、木、

大地、家、動物、花』（*Sky Sea Birds Trees Earth House Beasts Flowers*）を出版。

一九七二年　六十七歳

日本文化研究国際会議（京都）に参加。モーガン・ギブソン著による評論『ケネス・レクスロス』（*Kenneth Rexroth*）が出版される。翻訳詩『フランス詩歌百篇』（*One Hundred Poems from the French*）と、『蘭の舟、中国女性詩人たち』（*The Orchid Boat, Women Poets of China*）を出版。

一九七三年　六十八歳

エッセイ『しなやかな反駁――文学や思想に関するエッセイ』（*The Elastic Retort: Essays in Literature and Ideas*）を出版。

一九七四年　六十九歳

カリフォルニア大学サンタバーバラ校を辞職。キャロル・ティンカーと結婚。フルブライト奨学金を得て来日。京都精華短大で講演。評論『地域社会主義――その起源から二十世紀に至るまで』（*Communalism: From Its Origins to the Twentieth Century*）を出版。ブリタニカ百科事典第十五版「文学」（"Art of Literature"）の項目を執筆。詩集『新しい詩』（*New Poems*）を出版。

一九七五年　七十歳

アメリカ詩人アカデミー（Academy of American Poets）より、生涯を通して詩の分野で多大な貢献が認められ、コペルニクス賞（Copernicus Award）を授与される。京都アメリカン・センターで講演と朗読会。京都ほんやら洞朗読会。「ポエトリー・エクスチェンジII」に出席（京都YWCA）。第一回ケネス・レクスロス詩賞（以後八一年まで毎年十二月に受賞者朗読会がつづく）。

一九七六年　七十一歳

翻訳詩『続日本詩歌百篇』（*One Hundred More Poems from the Japanese*）を出版。詩集『シルバー・スワン――京都で書かれた詩』（*The Silver Swan: Poems Written in Kyoto*）と、『花輪の丘にて』（*On Flower Wreath Hill*）を出版。トーマス・パーキンソンによる評論「詩人ケネス・レクスロス」（Kenneth Rexroth, Poet）が「オハイオ・レビュー」誌に掲載される。

一九七七年　七十二歳

全米芸術基金奨学金（National Endowment for the Arts grant）を得る。翻訳詩『燃え上がる心――日本女性詩人たち』（*The Burning Heart: Women Poets of Japan*）を渥美育子と共著で出版。

一九七八年　七十三歳

ケネス・レクスロス詩賞入賞者によるKR歓迎朗読会（京都アメリカン・センター）、ケネス・レクスロスと白石かずこの詩朗読会（ほんやら洞）、ほかに京都アメリカン・センターでの「現代アメリカ詩に関するラウンド・テーブル・ディスカッション」、同志社女子大学での講演と朗読。翻訳詩『聖なる淫者の季節――白石かずこ詩選集』（*Seasons of Sacred Lust: The Selected Poems of Kazuko Shiraishi*）を出版。訳者はレクスロスと白石の他に、キャロル・ティンカー、ジョン・ソルト、森田康代。詩集『摩利支子の愛の歌』（*The Love Poems of Marichiko*）を出版。

一九七九年　七十四歳

詩集『明けの明星』（*The Morning Star*）を出版。同詩集にてカリフォルニア・ブック賞シルバーメダル三度目の受賞。

一九八〇年　七十五歳

東京「'80地球の詩祭＋国際詩人会議」に参加。第六回ケネス・レクスロス詩賞入賞者朗読会に出席。京都精華大学で朗読会。

一九八一年　七十六歳

第七回ケネス・レクスロス詩賞入賞者朗読会。エッセイ『人生からの抜粋』（*Excerpts from a Life*）を出版。

一九八二年

詩集『二つの大戦の間に――第二次世界大戦前に書かれた詩選集』（*Between Two Wars: Selected Poems Written Prior to the Second World War*）を出版。一九三〇年代に政治的なテーマで書かれた詩を収録。一九七八年のインタビューも掲載。六月六日に自宅にて死去。ケネス・レクスロスの法事を八月に上野の摩利支天・徳大寺で行う（ジョン・ソルト主催）。十月に京都アメリカン・センターにて追悼イベントを開催。

一九八四年

『ケネス・レクスロス詩選集』（*Kenneth Rexroth Selected*

Poems）ブラッドフォード・モロー編。

一九八五年

レクスロスの日記『時空間から生まれた水晶――詩人の日記』（"A Crystal out of Time and Space: The Poet's Diary"）が「コンジャンクションズ」誌八号（*Conjunctions #8*）に掲載される。

一九八六年

詩人論『革命的レクスロス――東洋と西洋の叡智を持つ詩人』（*Revolutionary Rexroth: Poet of East-West Wisdom*）モーガン・ギブソン著。

一九八七年

『窓の外の世界――ケネス・レクスロス論評選集』（*World Outside the Window: The Selected Essays of Kenneth Rexroth*）ブラッドフォード・モロー編。

一九八九年

文芸評論『続古典再訪』（*More Classics Revisited*）ブラッドフォード・モロー編。

一九九〇年

詩人論『レクスロスの意義』（*The Relevance of Rexroth*）ケン・ナブ編。

一九九一年

『ケネス・レクスロス／ジェームズ・ロクリン書簡集』（*Kenneth Rexroth/James Laughlin, Selected Letters*）リー・バートレット編。

一九九二年

『エレクトリック・レクスロス1』（*Electric Rexroth #1*）田口哲也編。

一九九四年

『日本詩歌より愛の詩集』（*Love Poems from the Japanese*）サム・ハミル編。『エレクトリック・レクスロス2』（*Electric Rexroth #2*）田口哲也編。

一九九六年

詩人論『「現実の神聖性」――ケネス・レクスロスの短詩』（"*The Holiness of the Real*": *The Short Verse of Kenneth Rexroth*）ドナルド・グティエレス著。

二〇〇三年

『ケネス・レクスロス全詩集』（*The Complete Poems of Kenneth Rexroth*）サム・ハミル、ブラッドフォード・モロー編。全詩集の出版記念イベントを二月にサンフランシスコで開催。

二〇〇五年

ケネス・レクスロス生誕百周年イベントが四カ国（日本、オランダ、アメリカ、タイ）で開かれる（ジョン・ソルト主催）。

二〇〇六年

『シカゴレビュー特別号――ケネス・レクスロス百周年記念作品集』（*Chicago Review — Kenneth Rexroth: A Centenary Portfolio*, special issue）は、レクスロスの詩作、評論、新聞コラム、書簡、インタビューに加え、レクスロスに焦点を合わせた詩人論・作品論、レクスロスに捧げる詩やエッセイまで、二十世紀を代表する詩人に捧げるオマージュ的な一冊になっている。

二〇〇七年

十月に神田外語大学にてシンポジウム「ケネス・レクスロスの集い」を開催。

二〇〇九年

『ケネス・レクスロス著者目録』（*Kenneth Rexroth: A Bibliographic Checklist*）リー・アレン・ペロン編。

二〇一二年

『シエラにて――ケネス・レクスロスによる山に関する作品集』（*In the Sierra: Mountain Writings by Kenneth Rexroth*）キム・スタンリー・ロビンソン編。

参考文献

「ケネス・レクスロス追悼のつどい」（一九八二年、京都アメリカン・センター）

『ほんやら洞の詩人たち』（一九七九年、晶文社）

「Kenneth Rexroth コレクションについて」（一九八七年、神田外語大学異文化コミュニケーション研究所）

Kenneth Rexroth: A Bibliographic Checklist（二〇〇九年、Lee Perron Fine Books）

（青木映子編）

海外詩文庫17

レクスロス詩集

編訳者
ジョン・ソルト、田口哲也、青木映子

発行者
小田啓之

発行所
株式会社 思潮社
〒一六二―〇八四二 東京都新宿区市谷砂土原町三―十五
電話〇三（三二六七）八一五三（営業）・八一四一（編集）
FAX〇三（三二六七）八一四二

印刷・製本
三報社印刷株式会社

発行日
二〇一七年九月三十日

海外詩文庫

1 シェイクスピア詩集　関口篤訳編
英国文学の巨人の詩と戯曲。繊細な解説・原典引用付。

2 ディキンスン詩集　新倉俊一訳編
全ての女性詩人の栄光と悲惨を真実に著した孤高の詩人。

3 ボードレール詩集　粟津則雄訳編
「悪の華」「パリの憂鬱」他の新訳・名訳と秀逸な海外詩人論。

4 オーデン詩集　沢崎順之助訳編
現代詩に最も影響を与えた詩人の最適の訳者による選詩集。

5 ホイットマン詩集　木島始訳編
十九世紀米国を代表する詩人の全貌。全篇原文を収録。

6 ヴェルレーヌ詩集　野村喜和夫訳編
日本近代詩に深い影響を与えた詩人の抒情的な音楽の世界。

7 現代中国詩集　財部、是永、浅見訳編
北島、芒克ら「今天」の詩人による、同時代の祈りと希望。

8 カミングズ詩集　藤富保男訳編
類まれなユーモアをリズミカルに翻訳。待望の一巻選集。

9 イエーツ詩集　加島祥造訳編
現代英国詩の大詩人の全貌を見事な翻訳で俯瞰する。

10 ハーディ詩集　大貫三郎訳編
詩情溢れる翻訳で二十世紀の古典ハーディの魅力を採照。

11 パウンド詩集　城戸朱理訳編
永遠の放浪者パウンド。その優雅で凶暴な詩的実験。

12 ランボー詩集　鈴村和成訳編
新たな読解から神話に挑み、来たるべきランボー像を描く。

13 ボルヘス詩集　鼓直訳編
驚くべき博識と幻想世界。豊饒な詩空間への招待。

14 ネルーダ詩集　田村さと子訳編
多彩な主張とスタイルを混在させるラテンアメリカの巨星。

15 ウィリアムズ詩集　原成吉訳編
アメリカ語の詩的可能性を追求した巨匠のエッセンスを凝集。

16 ペソア詩集　澤田直訳編
さまざまな異名で数多くの作品を残したポルトガルの代表詩人。